어쩌다 만난
수학

어쩌다 만난 수학

고정욱
지음

책담

최첨단 과학이 우리를 편안하게 해 준다. 핸드폰으로 전 세계 누구나와 소통하게 되었다. 현대 문명의 발달 속도는 눈이 부시다.

이런 삶은 수학 문명이 바탕에 깔려 있기 때문에 가능하다. 인류의 발전은 다시 말해 수학의 발전이다. 수학을 모르는 인류의 삶은 있을 수 없다. 비가 오는 양을 계산할 수도 없고, 약속 시간을 지킬 수도 없으며, 집을 지어 들어가 사는 것도 불가능하다.

하지만 청소년들은 이런 수학의 필요성을 오로지 입시의 괴로움으로만 느낀다. 수학 같은 건 없었으면 좋겠다는 말을 한다. 그 이유는 수학이 시험이고, 입시이며, 인생을 결정하기 때문이다.

그러나 수학은 그런 것이 아니다. 문제를 해결해 주는 것이다. 나의 삶을 낫게 해 주는 것이다. 행복을 가져다주고 평화를 불러오는 것이 수학이다.

고정욱

차례

장마 속 이사

텔레비전에서는 연신 역대급 장마라고 떠들었다. 일기
예보대로 비는 계속 퍼부었다. 대개 7월 말이면 끝나는 장
마가 올해에는 8월이 넘어가도 그치지 않았다. 전국의 대지
가 남김없이 젖었고, 젖은 위에 다시 물이 쏟아지는 형국이
었다.

준표는 투덜대며 자기 방에 있는 물건들을 박스에 주섬
주섬 담았다.

"아빠아! 하필 이렇게 비 오는 날 이사를 가야 해요?"

"어쩔 수 없어. 이미 정한 날짜니까 약속은 지켜야지."

거의 다 까먹고 얼마 남지 않은 보증금을 집주인에게서
돌려받은 아빠는 우울한 얼굴로 엄마와 함께 이삿짐을 직

접 날랐다. 다행히 준표네 아파트는 지하 주차장이 있어, 트럭이 기다리는 지하 1층으로 짐을 나르면 되었다.

어떻게 알았는지 경비원이 쫓아와 큰 소리를 냈다.

"승객용 엘리베이터로 이사를 하면 어떻게 합니까?"

"죄송해요."

"민원이 막 들어오잖아요. 사다리차로 지상에서 하셔야죠."

"비가 너무 와서 그럽니다. 곧 끝나니까 사정 좀 봐주세요."

아빠는 경비원에게 굽신대다 못해 저만치로 데려가서 만 원짜리 몇 장을 찔러 주었다.

그러자 경비원이 크게 봐준다는 듯한 태도로 외쳤다.

"빨리 끝내세요!"

돈은 돈대로 받고 큰소리치는 경비원 뒤에 대고 엄마가 구시렁거렸다.

"인심 참 야박하네. 그동안 우리 보면 샐샐거리며 웃어대던 사람이 떠난다니까 얼굴 바꾸네."

아빠가 한숨을 쉬었다.

"사람이 다 그렇지, 뭐."

하지만 어쩔 수 없었다. 비가 퍼붓는데 가뜩이나 초라한 이삿짐을 비에 적시면서 차에 실을 수는 없었기 때문이다. 그래서 시간이 더 지체되었다.

중간에 점심을 먹고 나니 오후 3시가 훌쩍 넘었다. 비는 여전히 아낌없이 퍼붓고 있었다.

준표는 이수경 시인의 동시가 생각났다.

<장마>

하늘아

물

좀

아껴 써!

"이제 출발하자."

비가 새지 않도록 짐칸에 천막을 단단히 씌운 뒤 이삿짐센터 트럭이 먼저 출발했다. 뒤이어 승용차에 오른 준표와 아빠 엄마는 우울한 얼굴로 아파트 단지를 빠져나왔다. 퍼붓는 빗속에서 15층 아파트 꼭대기를 올려다보는 준표의 마음은 우울했다.

"아빠, 우리 이제 다시 서울에 못 오는 거지?"

"……."

아빠와 엄마는 아무 말도 하지 않았다. 더 이상 얘기해 봐야 분위기만 더 나빠질 것 같았다.

준표는 눈을 감고 요 몇 년 동안 자신의 집에 몰아닥친 쓰나미를 돌이켜 보았다.

3년 전, 아빠는 회사에서 알량한 퇴직금을 받고 정리 해고를 당했다. 나이가 있다 보니 다시 취직하기가 쉽지 않았고, 불경기까지 겹친 상황이었다. 결국 작은 사업에 투자했다가 실패를 보고 말았다. 동업하자던 친구가 사기를 치고 도망간 거다.

그 문제로 엄마와 아빠가 매일 다투는 것을 보다가 준표는 참다못해 소리를 질렀다.

"우리는 망해서 죽기 전에 엄마 아빠 싸우다 죽을 거예요!"

그 일이 있은 뒤, 아빠 엄마는 준표 앞에서는 싸움을 하지 않았다. 아빠는 다시 여기저기 일자리를 알아보았지만 마땅한 자리가 없었다. 며칠 건설 현장에 나가던 것도 다리를 다쳐 그만두었다.

아빠는 고민 끝에 결국 고향으로 돌아가기로 했다.

"우리, 녹산으로 가자. 마침 고모할머니가 비워 둔 집이 있으니까 거기에서 학원 차리자."

아빠는 수학과를 나왔고, 엄마는 국문과를 나왔다.

"우리 둘이 국어랑 수학만 가르치면 될 거야."

엄마는 반대했다.

"시골인데 애들이 학원을 다니겠어? 불경기로 서울 애들도 학원 끊는 판인데."

"아니야, 그렇지 않아. 옛날의 녹산이 아니라니까. 부근에 혁신 도시가 들어와서 요즘 인구가 늘고 있대. 녹산에서 어린이집 하는 친구가 아이들 학원도 잘된다고 했어."

아빠와 엄마는 옥신각신하다가 녹산시에 한 번 다녀오더니 이사를 결정했다. 준표네 가족은 실낱같은 희망을 가지고 녹산시로 이주하게 되었다. 다행인지 불행인지 녹산시에는 부자인 고모할머니가 살던 집이 있어 큰돈 안 들이고 조금만 수리하고 들어가 살면 되었다.

준표네 가족을 실은 차는 쏟아지는 비를 뚫고 녹산시를 향해 남으로, 남으로 고속도로를 달렸다. 비는 드문드문 그치는 듯하다가 다시 내렸다. 엄마는 사과를 깎아 운전하는 아빠와 준표의 입에 넣어 줬다. 준표는 그 순간만은 피크닉 가는 기분이었다.

두어 시간 뒤 이삿짐센터 아저씨에게서 전화가 왔다.

– 아, 우리 도착했는데요. 짐은 어디다 부릴까요?

"마당에 창고 있지요? 그 안에 대충 내려놓으세요. 저희가 나중에 정리하겠습니다."

어차피 이삿짐센터 사람들이 짐을 내려놓을 테니 서두를 필요는 없었다.

아빠가 휴게소 식당 쪽을 보며 말했다.

"밥이나 먹고 가자."

세 사람은 터덜터덜 식당으로 들어갔다.

밥을 먹고 나오며 준표가 투덜거렸다.

"이제까지 먹어 본 식당 음식 중에 최악이었어."

엄마가 씩 웃었다.

"그래도 허기는 달랬잖아."

차에 올라 시동을 걸었는데 차가 말을 듣지 않았다.

"어, 이거 왜 이러지? 배터리가 다 됐나?"

아빠가 차에서 내려 휴게소 주유소에 있는 카센터에 전화했다.

"차가 시동이 걸리지 않아요."

– 바로 가겠습니다.

우산을 쓰고 달려온 정비사가 보닛을 열어 보았다.

"이 차 타고 여기까지 오신 거예요? 큰일 날 뻔했네요."

그러고는 전반적으로 점검받으라면서 임시 조치로 배터리를 갈고, 부동액을 넣어 주었다.

그렇게 또 시간이 지체되어 해가 지고 어두워져서야 고속도로를 빠져나와 녹산시로 들어가는 고갯길을 올랐다.

"이 고개 올라가면 아빠가 어렸을 때 소풍 왔던 녹산사가 있어. 오래된 절이지. 바로 저쪽이야."

준표는 아빠의 손가락 끝을 따라 시선을 옮겼지만, 그쪽에는 비와 먹구름만 가득할 뿐 아무것도 보이지 않았다.

"얼마 전에 왔을 때 보니까 산을 온통 파헤치고 태양광 패널들을 설치해 놨더라. 어렸을 때 심었던 나무들인데……."

자동차는 계곡의 구불구불한 길을 위태롭게 내려갔다.

그때 갑자기 산이 울리는 소리가 들렸다.

"무슨 소리지? 바람도 안 부는데……."

그때 차 뒤쪽을 보고 있던 준표가 다급하게 외쳤다.

"아빠! 우리 지나온 길에 산사태 났어요."

"뭐?"

백미러로 보니 방금 지나온 길로 흙더미와 나무들이 물밀 듯이 밀고 내려와 도로가 끊겨 있었다.

"큰일 날 뻔했네! 빨리 여기를 벗어나야겠어!"

아빠는 식은땀을 흘리며 가속 페달을 밟았다. 미끄러지듯이 빗길을 내려가는데, 준표 눈에 또다시 거대한 산사태가 밀려 내려오는 게 보였다.

"아빠, 저기 또!"

시커먼 산사태가 녹산사를 덮치고 있었다.

"아빠, 더 빨리 가야겠어요."

"그래, 그래."

언제 어느 곳이 무너질지 알 수 없었다. 아빠는 더 세게 엑셀을 밟아 마치 스키 타듯이 도로를 내려갔다. 이제 이사가 문제가 아니라 산사태로 죽느냐 사느냐가 되고 말았다.

엄마가 소리쳤다.

"여, 여보! 저기 앞에 또!"

준표 입에서 비명이 나왔다.

"아아!"

응급실 세 가족

처음 보는 거대한 창고 앞이었다. 준표는 왠지 창고 문을 열어야만 할 것 같았다.

그래서 녹슨 문의 손잡이를 잡고 힘껏 당겼지만, 창고 문은 끄떡도 하지 않았다. '던전앤파이터'에 나오는 거대한 철문 같았다. 준표는 어찌해야 할지 도무지 알 수 없었다.

안에 누가 있나 싶어 문을 두드리며 소리 질렀다.

"여보세요! 여보세요! 문 좀 열어 주세요!"

하지만 사방에 정적만이 가득했다. 열쇠가 있어야만 열 수 있는 문인가 싶어 문 주변을 열심히 훑었다. 어처구니없게도 문 옆 작은 화분 밑으로 황금빛 열쇠가 삐져 나와 있는 것이 아닌가. 준표는 갑자기 게임력이 상승되어 재빨리 열쇠를 집어 들었다. 전투력이 충전되니 온몸에 힘이 솟아났다.

"좋았어!"

녹슨 구멍에 열쇠를 꽂아 돌리니 창고 문이 요란한 소리를 내며 열렸다.

'끼기긱!'

문이 열리는 순간 준표는 밝은 빛에 눈을 뜰 수가 없었다. 창고 안 시커먼 어둠 속에서 황금이 빛나고 있었다.

"와우! 보물이다!"

끝이 보이지 않게 쌓여 있는 것은 금은보화와 금괴, 그리고 각종 도자기와 값을 매길 수 없는 골동품들이었다.

"이제 나는 부자야! 아빠 엄마랑 걱정 없이 살 수 있어!"

준표는 금괴 더미를 기어오르며 어딘가에서 던전을 지키고 있을 괴수와 맞서 싸울 일만 남았다는 생각뿐이었다. 그때 갑자기 보물이 하나둘 떨어지기 시작하더니 마침내 산사태처럼 쏟아졌다.

준표는 쏟아지는 보물들의 폭포를 맞고 깜짝 놀라 비명을 질렀다.

"아아악!"

눈을 떠 보니 어딘가에 불편한 자세로 처박혀 있는 게

아닌가.

"어, 어떻게 된 거지?"

산사태에 휩쓸렸는지 자동차가 뒤집혀 있었다.

가슴이 철렁했다.

'사고!'

엄마와 아빠가 준표를 불렀다.

"준표야! 준표야!"

"응! 어떻게 된 거야?"

"산사태에 차가 뒤집어졌어. 빨리 빠져나가야 돼!"

아빠는 유리창마다 발로 걷어차고 있었다. 하지만 흙이 덮고 있는 유리창은 아무리 차도 열리지 않았다.

준표는 안전벨트를 풀려고 했지만, 풀리지 않았다

"아, 진짜! 이제 어떡하지?"

그때 엄마가 가방에서 과도를 꺼냈다.

"이걸로 잘라."

준표는 엄마가 건네준 과도로 힘겹게 벨트를 끊은 뒤, 아빠와 힘을 합쳐 발로 유리창을 걷어찼다. 몇 번을 걷어차 니 유리창이 깨지는 것이 아니라 문이 빼꼼히 열렸다.

"아빠, 조금만 더요."

"그래, 알았어."

아빠가 이를 악물고 계속 발로 문을 차자 열린 틈으로

젖은 돌 하나가 굴러 들어왔다.

"아빠, 이걸로."

아빠가 돌로 유리창을 몇 번이고 때렸다. 마침내 유리창이 하얗게 금 가면서 깨지고 흙이 쏟아져 들어왔다.

"준표 먼저 나가!"

준표가 차 안으로 쏟아져 들어오는 흙을 헤치면서 먼저 바깥으로 나왔다. 나와서 보니 도로를 집어삼킬 정도로 흙더미가 흘러내려 있었고, 흙더미에 옆구리를 맞은 차는 밀려서 길가 가드레일에 처박혀 있었다.

비 내리는 산등성이를 보니 칠흑 같은 어둠 속에서 산이 기분 나쁘게 울고 있었다.

"엄마 아빠, 빨리 나오세요!"

준표는 먼저 엄마 손을 잡아끌었다.

"엄마! 어서요!"

그리고 마침내 아빠가 차에서 나왔다.

"빨리 여길 떠나자. 위험해."

준표는 차 안의 가방을 챙겼다. 그때였다. 산이 다시 울리면서 또다시 흙더미가 무섭게 쏟아져 내려오는 것이 보였다.

"빨리 뛰어!"

세 사람은 흙더미가 쏟아져 내리는 반대쪽으로 내달렸

다. 땅을 울리며 다시금 쏟아진 흙더미로 인해 자동차는 순식간에 계곡 아래로 밀려 떨어져 버렸다.

보고도 믿기 어려운 그 장면을 보고 너무 놀라 엄마는 눈물만 흘렸다.

아빠는 실성한 사람처럼 웃기 시작했다.

"허! 허! 헝!"

그나마 정신을 차리고 있는 것은 준표였다.

"신고할게요."

119를 누르고 연결이 되자 준표가 다급하게 외쳤다.

"여보세요! 여보세요! 119죠?"

"네, 무슨 일이십니까?"

"산사태가 나서 차가 쓸려 내려갔어요. 저희는 녹산으로 가는 중이었어요."

"당황하지 마세요. 지피에스 보니까 239번 국도에 계신 걸로 나오는데 맞습니까?"

"그건 모르겠고요. 녹산사에서 녹산시 쪽으로 내려가는 길이었어요. 녹산사도 흙더미가 덮쳤어요."

"진정하시고요. 옆에 있는 전봇대나 가로등에 있는 번호를 불러 주세요. 지금 산사태 때문에 출동이 많은데, 어디 피해 있을 곳은 있습니까?"

주변을 훑어보니 구불구불한 도로 밑 오른쪽에 간이

버스 정류장이 보였다.

"버스 정류장이 있어요."

"그럼, 그곳에 가서 기다리십시오."

"네. 그리고 가로등에 '녹산시 162-6303'이라고 쓰여 있어요."

"알았습니다. 지금 산사태 때문에 돌들이 도로에 쏟아져서 길이 많이 막혀 있습니다. 좀 기다리셔야 할 겁니다."

밤이 깊어지자 비에 젖은 준표네 가족은 간이 버스 정류장 지붕 밑에서 오들오들 떨며 부둥켜안고 있었다. 사방은 고요했다. 그동안 산은 아름답고 평화로운 것으로만 여겨졌는데, 지금은 거대한 괴물이 눈을 부릅뜨고 내려다보고 있는 것만 같았다. 녹산으로 이사 가는 것이 이렇게 어려운 일일 줄이야.

엄마가 흐느꼈다.

"우리, 죽을 뻔했다가 살아난 거야. 흑흑!"

아빠는 마치 산사태가 자신의 잘못인 것처럼 울었다.

"미안해, 미안해."

재난 영화에서 본 장면을 자신의 가족이 당하리라고는 전혀 생각하지 못했던 준표의 쿵쾅거리던 가슴이 서서히 가라앉고 있었다.

"아빠, 소방대가 오려면 한참 걸린다고 해요. 우리 기다리지 말고 그냥 걸어 내려가요. 조금이라도 빨리 이 산에서 벗어나고 싶어요."

"그래, 움직이자. 비도 잦아들었으니까."

세 사람은 추적거리는 비를 맞으며 구불구불한 계곡 길을 걸어 내려갔다. 다행히 아주 춥지는 않았다.

그렇게 한 시간 정도 걸어갔을 때, 맞은편에서 119 구급차가 사이렌을 울리며 올라오는 것이 보였다.

아빠가 길을 막고 서서 양팔을 크게 흔들었다.

"여기예요!"

구급차에 오르자 준표는 긴장이 풀려서인지 이빨을 마주치며 정신없이 떨었다.

한심한 상황

구급차에 실려 병원으로 와서 엑스레이 등을 찍어 보았지만 다행히 다친 곳은 별로 없었다.

의사가 말했다.

"기적입니다. 차가 그렇게 떠밀려 가서 부서졌는데 가벼운 타박상밖에 없네요. 오늘은 밤이 늦었으니 이곳에서 링거 맞고 한잠 주무시고 아침에 가시지요."

세 식구는 링거를 맞으면서 안정을 취했다. 링거에 진정제를 넣었는지 세 사람 모두 깊게 잠들었다.

"준표야, 그만 일어나. 집에 가자."

누군가 부르는 소리에 눈을 번쩍 뜨니 사방이 온통 하

얬다.

"어, 여기가 어디지?"

고개를 돌리니 링거가 거의 마지막 방울을 떨어뜨리고 있었다.

"학생, 잠시만요."

간호사가 와서 왼쪽 팔에 박힌 링거 바늘을 뺀 뒤 알코올 솜으로 닦고, 동그란 캐릭터 반창고 하나를 붙여 주었다. 침대에서 일어나 둘러보니 아빠는 이미 옷을 갈아입었고, 엄마도 침상에 걸터앉아 머리를 매만지고 있었다. 6인실인데 나머지 세 침상은 비어 있어서, 준표네 가족이 병실을 전세 낸 거나 마찬가지였다.

엄마가 먼저 일어났다.

"집에 가자."

병원 현관을 지나 마당으로 나서니, 하늘은 여전히 희끄무레하게 구름이 껴 있었지만 비는 멎어 있었다.

녹산 시내 한복판에 있는 작은 병원 정문을 터덜터덜 지나며 엄마는 한숨을 들이쉬고 내쉬었다.

"아빠, 우리 차 없는데 어떻게 해?"

"걸어서 가면 돼. 멀지 않아."

세 사람은 완전히 거지가 된 기분으로 집 쪽으로 발걸음을 옮겼다.

엄마가 눅눅한 옷을 털었다.

"옷부터 빨리 갈아입고 싶어."

영화 〈기생충〉에서 비를 맞으며 가족들이 야반도주하던 장면이 떠오르는 준표였다. 패잔병의 마음이 이럴 것 같았다. 아침 일찍 일하러 나가는 사람들 모습이 드문드문 보였다. 의욕 하나 없어 보이는 유령 같은 중고생들이 가방을메고 학교에 가고 있었다.

시내를 가로질러 변두리 쪽으로 나가자, 금세 녹산시 번화가가 끝났다. 도시라고 하지만, 정말 보잘것없었다.

"여기다."

고모할머니네 집은 낡은 건물이었다. 원래 상가였는지 1층에는 주점과 분식집 간판이 덜렁거려 범죄 영화에나 나올 법한 을씨년스러운 모습이었다.

"고모할머니는 왜 이걸 비워 두신 거야? 세놓으면 월세라도 나올 텐데."

"고모할머니가 몸이 불편하시잖아. 따로 관리할 사람도없고. 그래서 우리가 관리하면서 쓰겠다고 했어."

건물을 보는 아빠 눈에 희망이 반짝였다.

"페인트칠하고 손 좀 보면 깨끗해질 거야."

하지만 엄마는 한숨부터 내쉬었다.

'이걸 사람 사는 집 꼴로 만든다고?'

현관을 지나 뒷마당으로 가 보니 간신히 비만 가린 창고에 이삿짐센터에서 부려 놓은 이삿짐들이 되는 대로 내동댕이쳐져 있었다. 엄마는 이삿짐에서 보따리를 풀어 옷부터 갈아입었다. 아빠는 부지런히 건물 여기저기를 둘러보았다.

"배고파."

"그래, 라면이라도 끓여 먹자."

엄마는 휴대용 가스레인지에 라면 물을 올려놓고, 마당에 돗자리를 대충 깔고 거기에 널브러져 앉아 꼼짝도 하지 않았다. 의욕이 완전히 사라진 것 같았다.

준표는 건물 2층과 1층을 한번 오르내려 보았다. 잡동사니가 나뒹구는 그저 빈 건물이었다. 아빠는 이곳에서 희망의 싹을 키우겠다는 것이다.

준표 생각에 여기에서는 뭔가가 이루어질 것 같아 보이지 않았다. 아침에 유령처럼 걸어가던 애들 얼굴을 떠올려 보니, 그 애들이 수학과 국어를 배우러 이곳에 오는 모습도 그려지지 않았다.

'학원을 차려 놓은들 그 애들 중 누가 이곳에 등록을 할까?'

빗자루를 들고 온 아빠가 준표에게 물었다.

"넌 할 일이 안 떠올라?"

"떠올라요."

"뭔데?"

"이거요."

준표는 두꺼비집을 올리고 콘센트에 충전 케이블을 꽂고 게임 하려고 폰을 켰다.

"에이! 이게 뭐야?"

큰 소리에 놀란 아빠가 준표에게 다가왔다.

"왜? 무슨 일이야?"

"핸드폰 액정이 깨졌어요!"

아빠는 뭔가를 기대한 자신이 바보라는 듯한 표정으로 비질을 하러 1층으로 발길을 옮겼다.

그때 힘없는 엄마의 목소리가 들렸다.

"라면 다 끓었어. 먹고 해."

오랜만에 울려 퍼진 사람 사는 듯한 소리였다.

특이한 아이

준표는 깨진 폰 액정을 수리하러 녹산 시내 번화가로
나왔다. 번화가라고 해 봐야 이삼 층짜리 고만고만한 건물
들이 길가에 있는 곳이었다.

준표는 핸드폰 수리점을 찾아 들어갔다.

"안녕하세요. 폰 액정이 깨졌는데, 좀 봐 주세요."

가게 주인이 폰을 받아 들고 이리저리 살펴보았다.

"이거 수리비 좀 들겠는데……."

"얼마나 들까요?"

"한 15만 원쯤?"

"15만 원이요? 액정만 바꾸는데요?"

"응, 액정 깨진 거는 좀 비싸."

"오래된 모델인데도요?"

"학생, 녹산시에 사는 거 맞아?"

"왜요?"

"서울은 물건도 많고 사람도 많으니까 싼 거야. 하지만 여기는 사람이 적다 보니까 들어오는 물건도 적어서 부품 구해서 수리해야 하기 때문에 비쌀 수밖에 없어. 약정도 다 됐는데 이참에 새 폰 알아보지 그래? 좋은 거 많아."

'새 폰 좋은 걸 누가 모르나.'

하지만 아빠 엄마의 상황을 생각하면 핸드폰 수리조차 할 수 없었다.

"공짜 폰도 있어. 3년 쓰면 돼."

"생각해 볼게요."

액정이 깨졌다고 폰을 쓸 수 없는 건 아니었다. 모양이 빠질 뿐이었다.

"에이, 여기저기 돈 들어갈 일뿐이야."

상가를 터덜터덜 빠져나오는데, 시장 골목에서 기름 냄새가 났다. 갑자기 허기가 졌다. 주머니에 만 원짜리 한 장이 있었다. 튀김과 떡볶이 먹을 만한 분식집을 찾아 두리번거리는데 골목 초입에서 한 남자애가 여자애들에게 둘러싸여 뭔가 사정하고 있는 모습이 눈에 들어왔다.

가만히 보니 여자애 셋이 남자애를 둘러싸고 욕설을 쏟

아 내며 뭔가를 돌려주지 않고 있었다.

"하지 마. 돌려줘."

"그러니까 수학 시험 볼 때 답 보여 줬어야지."

"미, 미안해. 내가 가르쳐 줄게."

"누가 너한테 배우고 싶대? 답이나 보여 달라고."

여자애가 들고 있는 것은 복사한 서류 뭉치 같았다.

"시험 문제 보여 주는 건 부정행위잖아. 그러니까 내가
가르쳐 줄게."

"야, 재수 없는 수학을 내가 왜 배워? 네가 몸만 조금 옆
으로 옮기면 내가 답을 볼 수 있었잖아."

남자애는 여전히 쩔쩔매고 있었다.

여자애들은 남자애를 완전히 벌레 취급하는 거 같았다.
무시하고 가려는데 갑자기 귀에 꽂히는 이야기가 들렸다.

"집도 쫄딱 망하고, 학교에서는 왕따고."

"수학 하나 말고는 별것도 아닌 게."

"학교 곱게 다니려면 우리 말 잘 들어라."

쏟아지는 모진 말에도 녀석은 쩔쩔매기만 했다.

"미안해, 미안해."

'집도 쫄딱 망하고, 학교에서는 왕따고?'

준표는 자기도 모르게 불쑥 화가 치밀어서 발길을 돌려
골목으로 갔다.

"야! 그거 당장 돌려줘."

여자애들은 준표를 보자마자 하나같이 이 사이로 침을 찍 뱉었다.

"앤 또 뭐냐?"

"가던 길이나 가라."

"넌 누구냐고!"

준표는 서류 뭉치를 들고 있는 여자애를 똑바로 쳐다보았다.

"왜 남의 물건 빼앗아! 돌려줘, 좋은 말로 할 때."

"누구 맘대로?"

하지만 여자애들은 준표의 등장에 기가 약간 꺾인 듯했다. 낯선 애였기 때문이다.

준표 역시 이사 오기 전 아빠 사업이 망하면서 주눅이 들었고, 애들은 귀신처럼 준표가 기죽은 냄새를 맡았다.

그중 택진이라는 녀석이 치킨집이 망해 가는 것을 알고 애들에게 소문을 퍼뜨렸다.

그러자 반에서 일진인 왕초가 쏠까슬렀다.

"야, 너네 아빠 치킨집 망하면 더 이상 치킨 못 가져오는 거냐?"

상대하지 않으려 했지만, 애들은 전학 오기 전까지 준표를 괴롭혔다.

준표가 성질부리면서 옆에 있는 종이 상자를 걷어찼다.

"빨리 돌려주라고!"

준표의 굵은 목소리가 쩌렁쩌렁 울렸다.

여자애들이 놀란 듯했다.

"야, 더럽다. 가자, 가."

여자애들은 서류 뭉치를 땅바닥에 내던지고 물러가면서 악다구니를 썼다.

"밤길 조심해라!"

"뒤통수 깐다."

"저것들이!"

준표가 쫓아가는 척하자 여자애들은 황급히 빠져나갔다. 준표는 땅바닥에 흩어진 서류 뭉치를 집었다. 알 수 없는 수학 기호가 잔뜩 들어 있는 복사지였다.

"자, 여기."

툭툭 털어서 건네며 보니 녀석이 눈가에 젖은 눈물을 닦고 있었다.

"우냐?"

"아, 아니."

"웬만하면 애들한테 당하지 말고 살아라."

골목을 빠져나오면서 준표는 조금은 좋은 일을 한 것 같은 느낌이 들었다.

녹산중학교 3학년 1반

"준표야! 학교 가야지."

오랜만에 듣는 말이었다.

새벽녘까지 게임 하다 잠든 준표는 간신히 눈을 떴다.

녹산시로 오고 나서 준표는 일주일 넘도록 학교에 가지 않고 집에서 쉬었다.

엄마는 일찌감치 학교에 가서 전학 수속을 마쳤는데, 준표네 가족이 녹산시로 오면서 겪은 산사태 이야기를 들은 담임선생님이 먼저 권했다.

"아이고, 낯선 곳으로 이사 오는 것도 힘들었을 텐데, 사고까지 났으니 준표가 트라우마가 심하겠네요."

"네, 별거 아닌 것처럼 말하지만 날마다 악몽 꾸는 걸 보면 그런 것 같아요."

"충분히 쉬게 한 다음 등교시키셔도 됩니다. 학교에선 병가로 처리하겠습니다."

"감사합니다, 선생님."

돌아 나오다 아이들이 입은 베이지색 교복을 본 엄마가 선생님에게 물었다.

"선생님, 교복은 어떻게 해야 될까요?"

"아, 준표 키가 어느 정도 됩니까?"

"175 정도요."

"중학생인데 꽤 크네요."

"네."

"음, 우리 학교에는 교복 물려주기 방이 있어요. 한번 보시고 준표한테 맞을 만한 걸로 가져가세요."

담임선생님은 잠겨 있던 한 교실 문을 열어 주었다. 그곳에는 교복들이 크기별로 걸려 있었다. 엄마는 눈대중으로 준표에게 맞을 만한 교복을 가져와 세탁소에 맡겨 드라이해 놓았다.

엄마가 옷걸이에 걸려 있던 교복을 내렸다.

준표는 세탁소 비닐 와삭거리는 소리에 눈을 뜨고 일어

났다.

'이젠 학교에 가야 하네. 하긴 집에서도 그다지 할 일이 없긴 하지.'

엄마와 아빠는 이사 온 뒤 줄곧 학원 개원할 준비를 하고 있었다. 준표는 처음 며칠 큰 힘이 들어가는 일에 아빠를 도왔다. 나머지 자잘한 일들은 엄마 아빠 둘이서 처리하고 있었다. 아직도 녹산 시내에는 물난리 흔적이 남아 있었지만, 아빠가 페인트를 사다 직접 롤러에 적셔 가며 아침부터 구슬땀을 흘린 덕에 학원 내부는 그런대로 깔끔해졌다.

준표는 엄마가 차려 놓은 밥을 먹고 나서 세수하고 이를 닦은 뒤 교복을 입고 집을 나섰다.

"갔다 올게요."

"그래, 선생님하고 애들하고 잘 지내."

엄마와 아빠는 학원을 꾸미느라 여념이 없었다. 그도 그럴 것이 이곳에서 마지막 승부를 걸어야 했기 때문이다.

밖에 나와 보니 동네 곳곳이 물난리 때 내놓은 쓰레기와 잡동사니들로 어지러웠다. 이사 오던 날에 쏟아진 폭우는 녹산시도 여지없이 강타해 낮은 지대에 있는 집들은 모두 물난리에 시달렸다. 빌라 반지하 같은 곳은 천장까지 물이 잠길 정도였다. 그래도 인근 부대 군인들이 와서 도와준 덕에 거의 복구가 되어 있었다. 복잡하고 어지러운, 전쟁 난 것 같은 도심을 지나 준표는 학교로 향했다.

녹산중학교는 100년 가까운 역사를 자랑하는 곳이었다. 녹산에서 잘나가는 사람들은 거의 이 학교를 나왔다고 해도 과언이 아닐 정도였다. 하지만 지금은 인구가 줄어 한 학년에 두 반씩밖에 없었다.

준표는 걸으면서 몸을 이렇게 저렇게 움찔거려 보았다. 교복이 당기거나 불편한 곳 없이 그런대로 몸에 맞았다. 앞서 입은 선배가 교복을 뜯어 고치지 않은 모범생인 모양이었다.

학교로 들어가자 애들이 힐끔힐끔 쳐다보았다. 준표는 애써 무표정한 표정으로 3학년 1반 쪽으로 걸어가서 교실에 들어가려다 잠시 서서 안을 들여다보았다. 군데군데 애들이 모여서 수다를 떨고 있었다.

그때 누군가가 등을 툭 쳤다.

"준표구나. 내가 네 담임이다. 들어가자. 어머님이 일주일 전에 왔다 가셨다."

"네."

교실은 책상에 엎드려 있는 녀석, 창밖을 내다보는 녀석들로 어수선했다.

밝고 명랑한 선생님은 교실에 들어서더니, 주의를 환기시키며 단번에 분위기를 바꿔 놓았다.

"자, 제자리에 앉아라. 새로운 친구가 왔다."

애들이 대충 앉고 교실이 정리되자 선생님이 준표를 소개했다.

"서울에서 온 공준표다. 이사 오는 날 산사태로 크게 사고가 났지만 운 좋게도 살아났고, 무사히 우리 학교에 왔다. 준표에게 박수 한번 쳐 주자."

애들이 영혼 없는 박수를 쳤다.

'그게 박수 받을 일인가?'

머쓱한 표정으로 뒤통수를 긁는데 선생님이 물었다.

"자기소개 할 거 있어?"

"아니요."

"그럼 들어가 앉아. 차차 친해지도록 하자."

준표는 선생님이 가리키는 빈자리로 가서 앉았다. 작은 학교여서인지 애들이 각자 독립된 자리에 앉아 있었다.

"이제, 수업 시작하자."

담임선생님은 국어 담당이었다. 준표는 수업이 본격적으로 시작되기 전에 고개를 좌우로 돌려 학급 애들을 힐끔힐끔 보았다. 남자와 여자 애들이 합반 수업을 하는 게 전에 다니던 학교와 달랐다.

'애들이 적어서 그런가?'

그때 교실 창가 쪽에 앉아 책상에 머리를 파묻고 있는

녀석이 눈에 띄었다.

'저 녀석은?'

낯이 익었다. 시장에서 여자애들에게 시달리던 그 애였다. 그러고 보니 몇몇 여자애들이 그때 봤던 애들 같았다. 준표와 눈이 마주치자 여자애들은 눈을 깔았다.

'원수는 외나무다리에서 만난다더니. 이거 재미있겠는걸?'

준표의 입가에 '썩소'가 번졌다.

여자 친구 강세인

학교에 다니기 시작한 지 일주일이 되어 가면서 거의 적응이 되었다. 애들 얼굴도 익혔고, 이름도 다 외웠다.

집에 돌아오자 아빠가 기다렸다는 듯이 준표를 불렀다.

"준표야, 학원으로 좀 와."

"네."

준표는 살림방에 가방을 내려놓고 학원 2층으로 올라갔다.

"책상 옮기는 것 좀 도와라."

학원은 어느새 얼추 자리를 갖춰 가고 있었다. 수강생 책상들이 들어왔고, 화이트보드와 컴퓨터들도 들어왔다. 남은 돈을 거의 다 쏟아부은 것 같았다. 준표는 씻나락까지 다 까먹은 느낌이 들었다.

"돈 많이 쓰셨네요?"

"비싸 보이지? 이거 다 중고야."

"중고라고요?"

"응, 녹산시는 물건들이 시원치 않아서 차로 한 시간 거리에 있는 대산시에 갔다 왔지."

대산시는 인구가 몇십만쯤 되는 큰 도시였다.

"거기 갔더니 중고품들이 있더라고."

그동안 아빠가 바쁘게 돌아다닌 이유를 알 것 같았다. 학원 밖에는 현수막이 걸려 있었다. '서울 1타 강사 녹산에 오다'라고 쓰여 있었다.

"저거 순 거짓말이잖아요."

"아냐, 아빠 젊었을 때 강남에서 잘나가는 강사였어."

"정말요?"

"암. 그때 너희 엄마도 만났지."

믿을 수 없었다. 잘나가던 학원 강사가 회사에서 잘려서 치킨집을 하다 퇴직금을 날리다니.

"조금만 더 했으면 일류 강사가 되었을 텐데, 너희 엄마 만나서 안정적인 직업 찾는다고 취직했잖아."

바닥을 박박 닦던 엄마도 옛날 생각이 나는지 얼굴이 발그레해졌다.

"준표야, 이제부터 딴생각 말고 공부 열심히 해. 여기는 내신이 유리하잖아."

학생 수가 적으니 내신이 유리할 수밖에 없었다. 조금만 공부하면 좋은 등급을 받을 수 있으니까.

"너, 대학교 갈 때까지는 엄마하고 아빠가 어떻게든 자리 잡을 거야."

준표는 모든 것을 많이 받아들인 상태였다. 엄마 아빠가 여기까지 등 떠밀려 내려왔는데 언제까지나 자기 생각만 할 수는 없었던 것이다. 물론 아직까지는 공부에 관심이 없었다. 선생님들도 시시해 보였고, 애들도 아직 낯설기 때문이었다.

엄마와 아빠가 시키는 대로 책상을 줄 맞춰 정리하고, 물건들에 붙어 있는 비닐들을 떼어 내고 나자 학원이 그럴싸해졌다.

아빠가 마침내 손을 털며 말했다.

"자, 이제 스위치 올리겠습니다."

엄마가 옆에서 분위기를 살렸다.

"두구두구두구!"

그리고 마침내 스위치를 올렸는데, 전등에 불이 들어오지 않았다.

"어, 어떻게 된 거지? 이럴 리가 없는데"

아빠가 두꺼비집 쪽으로 달려가 원인을 찾으려고 한참을 뚝딱거릴 동안, 엄마가 이마에 흐르는 땀을 닦으면서 준표에게 다가왔다.

"학교 다닐 만해?"

"뭐, 그냥."

"친구들은 사귀었어?"

"뭐, 그냥."

"'뭐, 그냥'이라는 애가 친구야?"

준표는 피식 웃었다.

그때 강의실 문을 보며 엄마가 말했다.

"쟤, 네 친구니?"

고개를 돌려 보니 울보 녀석이었다.

"너, 뭐냐?"

"방정식."

"재미없다. 근데 내가 여기 있는 줄은 어떻게 알았어?"

"저번에 네가 여기로 들어가는 거 봤어."

"근데 왜 왔어?"

"그냥 머리가 복잡해서."

"너도 머리 복잡할 때가 있냐?"

엄마가 주머니에서 만 원짜리 한 장을 꺼내 건네주었다.

"자, 둘이 가서 아이스크림이라도 사 먹어."

정식이가 인사했다.

"아, 안녕하세요?"

두 아이는 어슬렁거리며 도로 아래쪽에 있는 아이스크림 가게로 걸어갔다.

녀석의 이름은 방정식이었다. 준표는 처음에 녀석의 이름을 듣고 어이가 없었다.

녀석의 이름을 알려 준 건 옆자리에 앉은 여자애였다.

"너, 준표지?"

"응."

"그때 미안."

"뭐가?"

"시장에서."

여자애는 그때 정식이를 괴롭히던 무리 중 하나였다.

"나는 강세인이라고 해."

"나는 공준표."

"알아."

"쟤는 이름이 뭐냐?"

세인이가 피식 웃었다.

"방정식이야. 별명도 있어."

준표는 갑자기 별명을 맞히고 싶은 생각이 들었다.

"고릴라지?"

"아니."

"그러면, 음….."

스무고개 하듯이 몇 가지 질문을 하면서 별명을 맞혀 보려 했지만 다 틀렸다.

"쟤 별명, 수학 천재야"

"뭐? 수학 천재?"

준표는 시장 바닥에서 주워 든 복사지에 수학 기호가 잔뜩 적혀 있던 것이 떠올랐다.

"아, 그렇구나."

"쟤는 수학 문제만 풀어. 다른 과목엔 관심 없어."

갑자기 흥미가 돋았다. 엄마 아빠가 수학 학원을 차리려 는데 수학 문제만 푸는 녀석이 있다니 흥미로울 수밖에.

물론 준표는 수학을 포기한 지 이미 오래되었다. 초등 학교 6학년 올라가면서 수학이 재미없어졌다. 문제를 놓고 머리를 쓰는 게 싫었다. 파고들면 답을 못 구할 것은 아니 지만, 꼬아 놓은 답을 찾으려고 이렇게도 해 보고 저렇게도 해 보는 것이 그다지 유쾌하지 않았던 것이다.

준표는 쉬는 시간에 정식이에게 슬그머니 다가가서 무 슨 문제를 풀고 있나 살펴보았다. 역시 수학 문제를 끼적이 며 풀고 있었다.

"재미있냐?"

"응."

"수학 문제 푸는 게 재미있다고?"

"다른 것보다는."

그게 전부였다. 준표는 한 가지에 몰두하는 정식이에게 관심이 갔다.

"우리 집 수학 학원 하는데."

세상일에 담 쌓은 듯한 녀석이 눈을 반짝였다.

"누가 가르치는데?"

"우리 아빠가."

"수학 무슨 전공하셨어?"

"그, 글쎄?"

그러고 보니 아빠가 수학과 나왔다는 것 말고는 아는 게 없었다.

"잘 몰라. 아무튼 서울 강남에서 학원 강사 하셨대."

정식이가 종이 한 장을 북 찢어서 건네주었다.

"그럼 너희 아빠한테 이 문제 한번 풀어 봐 달라고 갖다 드려 봐."

종이에는 수학 문제가 인쇄되어 있었다.

"찢어도 되는 거야?"

"원본은 따로 있어. 복사해서 푸는 거야."

정식이가 내미는 수학 문제를 받아 들면서 준표는 알 수 없는 위압감이 들었다.

두 방정식 $P(x)=0$, $Q(x)=0$의
서로 다른 실근의 개수는 8개, 9개이고, 집합
$A=\{(x,y) \mid P(x)\,Q(y)=0$ 이고 $Q(x)\,P(y)=0, x$와 y는 실수$\}$
는 무한집합이다. 집합 A의 부분집합
$B=\{(x,y) \mid (x,y) \in A$ 이고 $x=y\}$
의 원소의 개수를 $n(B)$ 라고 하면 이것은 $P(x), Q(y)$에 따라
변한다. $n(B)$의 최대값을 구하라.

그날 저녁, 아빠는 문제를 풀지 못했다.

"이거 방정식에 함수에 집합까지 다 합쳐진 거야. 어우 어렵네. 이걸 너네 반 애가 푼다고?"

"네, 수학 천재래요."

"와! 우리 고향에 괴물이 있었구나."

"아빠, 이것도 못 풀면서 어떻게 학원을 해요?"

"정답 보고, 푸는 방법 보고, 외워 가지고 가르쳐 주면 돼. 아빠가 알아야 할 것은 고등학교까지의 수학 문제일 뿐이야. 이건 고등 수학 문제인 것 같아."

"그렇게까지 수준이 높은 문제예요?"

"응."

순간 준표는 정식이가 약간 존경스러웠다. 그리고 이렇게 어려운 수학 문제를 매일 푸는 '오타쿠' 같은 녀석이 왠지 마음에 들었다.

두 아이는 아이스크림을 먹으면서도 별말이 없었다. 서로 끌리게 된 이유는 모든 게 귀찮고, 파고들 자신의 세계가 있다는 사실 하나였다. 다른 점이 있다면 준표는 아직 자신의 내부에 무엇이 있는지 알지 못하고, 정식이는 수학을 찾아내서 그것에 몰두하고 있을 뿐이었다.

"그 여자애들이 계속 괴롭히냐?"

"아니, 걔들 그렇게 나쁜 애들 아니야. 그래도 시험에서 답을 보여 줄 수는 없지."

"그렇지, 커닝을 눈감아 줄 수는 없지. 근데 넌 맨날 수학 100점 맞냐?"

정식이는 당연한 걸 묻느냐는 듯한 표정이었다.

"100점? 학교 시험 문제는 1분이면 다 풀어."

"헐!"

"선생님이 문제 내 보겠냐고 해서 어려운 문제 냈더니, 진도에 맞게 내라고 하신 적도 있어."

"하긴, 너라면."

그때 짧은 치마를 나풀거리며 여자애 하나가 다가왔다.

세인이였다.

"여기서 뭐 해?"

"보면 모르냐? 아이스크림 먹고 있잖아."

"누가 샀어?"

"그냥 가던 길이나 가라."

세인이는 생각보다 성격이 좋았다.

"나도 사 줘."

준표는 살갑게 구는 세인이가 낯설었다.

"너, 일진인 줄 알았는데……."

세인이가 쑥스러운 듯 미소를 지었다.

"에이, 그날은 그냥 애들 틈에 끼어 장난친 거야."

"자."

정식이가 천 원짜리 한 장을 주자 세인이는 재빨리 슈퍼에 가서 아이스크림 하나를 입에 물고 왔다.

세인이가 금세 빨개진 혀를 날름대며 물었다.

"너희 둘이 많이 친해졌나 보네?"

둘은 대답하지 않았다. 친구 사이에 친하다, 친하지 않다 말하는 것은 마치 우정을 욕되게 하는 것과 같았다. 정말 친한 사이는 말이 없는 법이었다.

세인이는 굳이 대답을 기다리지 않았다.

"야, 우리 녹산시가 재난 지역으로 지정됐대."

"그게 뭔데?"

"녹산사도 무너지고 난리 났잖아. 그래서 나라에서 지원해 준대. 우리 집에도 지원금 나올 거랬어. 정식이, 너네도 나온대지?"

"몰라, 나는."

정식이는 세상일에 아무런 관심도 없는 것 같았다.

준표는 비가 새는 학원 건물 지붕을 떠올렸다.

"우리 집도 피해 입었는데?"

"너희는 이사 온 지 얼마 안 되서 지원 못 받을걸?"

"왜?"

"녹산 주민한테만 주는 거야."

세인이는 아는 것도 많았다.

"너희, 주민등록 옮겼니?"

"응, 아빠가 옮겼는데."

"아마 최근에 옮겨 온 사람은 안 될 거야. 우리 아빠가 구청 공무원이거든."

"아, 그래."

세 아이는 길가에 앉아 지는 해를 바라보며 이런저런 이야기를 나누었다.

다시 만난 수학

며칠 뒤 하굣길이었다.

"정식아, 우리 아빠가 너 한번 보고 싶대."

"왜?"

"지난번에 준 수학 문제 보고 네가 궁금해졌나 봐."

준표와 정식이가 상담실에 들어가자 아빠는 과자와 음료수를 내주며 많은 것을 물어보았다. 준표는 정식이가 반지하 집에 살고 있으며, 아빠는 서울에서 돈을 벌어 생활비를 보내고, 엄마는 시장에서 채소를 판다는 사실을 알았다. 아마 그날 엄마 가게에 갔다가 여자애들에게 걸린 모양이었다.

아빠가 본격적인 질문을 시작했다.

"정식아, 너는 언제부터 수학을 잘했니?"

정식이가 뒤통수를 긁었다.

"어려서부터 그랬어요. 왠지 문제 푸는 게 재미있더라고요."

"그랬구나. 수학은 머리가 좋아야 잘하는데."

"머리가 좋은지는 잘 모르겠어요."

"그래, 수학만 잘해도 앞길이 창창할 거다. 근데 너는 꿈이 뭐니?"

"수학 경시 대회에 나가고 싶어요."

"수학 경시 대회? 좋지. 수학 올림피아드도 나가 봐."

"네, 올림피아드 나가려고 준비하고 있어요."

"언제 나갈 생각이니?"

"고등학교 올라가야 나갈 수 있을 것 같아요."

아빠는 정식이가 풀고 있는 수학 문제 복사지를 보더니 절레절레 고개를 저었다.

"후유, 이건 뭐. 오히려 내가 너한테 배워야 되겠다. 잘 부탁한다."

"아니에요."

"앞으로 언제든지 공부하고 싶으면 우리 학원에 와라. 이 방 내줄 테니 와서 편하게 공부도 하고 문제도 풀어."

정식이가 눈을 반짝였다.

"정말이요?"

"그럼, 정말이지."

"고, 고맙습니다."

"내가 중학교 다닐 때 수학 서클이 있었는데, 그때 교감 선생님이 애들에게 교실 하나 내주고 거기에서 문제 풀도록 했었어. 너희 학교에는 그런 거 없지? 그러니까 우리 학원에 와서 해. 우리 준표도 잘 부탁한다."

"오히려 준표가 저를 잘 도와줘요."

"그래, 이거 다 먹고 가라."

아빠는 자리를 비켜 주었다.

준표는 아빠가 나가자마자 정식이에게 바싹 다가앉아 얼굴을 들여다보았다.

"수학 잘하는 애들은 꼭 괴물 같던데."

아빠와 이야기를 나누느라 목이 말랐던지 음료수를 벌컥벌컥 마신 정식이가 물었다.

"내가 괴물 같아?"

"아니."

두 아이는 낄낄대며 웃었다.

정식이가 진지한 표정으로 말했다.

"이 세상에 공짜는 없지. 너희 아빠가 이렇게까지 해 주시고 부탁도 하셨으니, 나도 너한테 뭔가 해 줘야 될 거 같은데……."

"친구끼리 뭘 그런 걸 따져."

머리를 긁적거리던 정식이가 물었다.

"너는 언제부터 수학이 싫어졌어?"

"x, y 같은 골치 아픈 기호 나오고 막 그러잖아? 그때부터였어."

"하하하! 방정식! 내 이름하고 똑같은 거."

"맞아, 방정식! 방정식 정말 싫어했는데, 사람 방정식하고 친해지다니!"

"방정식 정말 쉬워. 이거 한번 풀어 볼래?"

정식이가 흰 종이에 문제를 썼다.

$$2 + x = 7$$

"여기서 x가 뭐지?"

"야! 아무리 그래도 내가 이것도 못 풀 것 같아? 5잖아."

"아주 잘하네! 그렇게 기호 대신 숫자 넣는 걸 '대입'이라고 하는데, 5를 대입하면 이 등식이 성립되지. 등식이 이퀄(=)인 건 알지?"

"응, 똑같다는 거잖아. 전에 다니던 학교에서 수학 선생님이 맨날 '이꼬르'라고 했었어."

정식이는 다시 진지한 표정으로 종이에 쓰인 방정식을 가리켰다.

"이 이퀄을 중심으로 왼쪽을 '좌변', 오른쪽을 '우변'이라고 해. 방정식은 등식이야. 다시 말하면 '등식'이 성립되어야 하는 거야. 네 말대로 등식은 똑같다는 거지. 2+5는 오른쪽에 있는 7이랑 똑같잖아? 등식이 성립된 거지. 이런 걸 방정식이라고 해. 그리고 x 대신 들어간 수를 '해'라고 하지."

"해답의 해?"

"맞아, x의 해는 5가 되는 거지."

"좌변하고 우변하고 똑같게 만드는 거구나."

"맞아 1+1+1+1+1+1+1＝7이 되는 것도 마찬가지야. 좌변의 숫자 구성은 달라도 결국 7이잖아."

"그러니까 방정식을 푸는 건 x를 구하는 거고, 다른 말로 하면 방정식의 해를 구하는 거네?"

"그렇지. 방정식은 등식이라는 것만 잊지 않으면 돼. 등식의 양쪽 값이 같게 만들면 되는 거야. 대답하는 거 보니너, 수학 포기하지 않아도 될 거 같아."

"그래?"

"이제 좀 더 어려운 문제를 내 볼까?"

준표는 갑자기 두드러기가 일어나는 것 같았다.

"두려워할 것 없어. 어렵다는 건 좀 더 생각해야 한다는 뜻이니까."

정식이가 다시 종이에 문제를 썼다.

"이거는 어때?"

$$3x = x - 6$$

"이건 x끼리 모으면 되는 거 아니야?"

"맞아, 역시 수포자 아니네."

"수포자가 뭔데?"

"수학을 포기한 자."

"나? 난 아직 아냐."

"그렇다니까. 이제 문제 보자. 기호를 모으기 위해 하는 작업을 '이항'이라고 해. 기본 형태로 바꾸는 거지."

"x를 왼쪽으로 보내고, 오른쪽에는 숫자만 남기면 되지? 그러면 $3x - x = -6$이고, 계산하면 $2x = -6$, 좌변에 x만 남기면 해가 -3이 되네."

"오, 잘하는데? 아까 말했듯이, 여기서 포인트는 기호는 모두 좌변으로, 숫자는 모두 우변으로 옮기면 된다는 거야. 이게 가장 기본적인 방정식의 형태지."

정식이는 정말 과자와 음료수 언어먹은 값을 하려는지

비슷한 유형의 방정식 문제들을 여러 개 던져 주었다. 준표는 이제 문제를 보기만 해도 어떻게 풀어야 할지 감이 오는 것 같았다.

"어렵지 않지?"

"응."

"이제 이 문제들을 풀어 봐."

준표는 집중해서 문제를 풀었다.

정식이는 준표가 삐뚤삐뚤 풀어 놓은 문제를 눈으로 슥 채점했다.

"맞았어, 다 맞았네!"

준표는 그 어떤 칭찬보다 정식이가 잘했다고 칭찬해 주는 것이 기뻤다.

"흔히들 수학을 공식과 이해라고 하는데, 그건 나 같은 애들한테 해당되는 거고. 너는……."

"나는 뭐?"

준표는 정식이가 무슨 비방이라도 알려 주려나 했다.

"너는 그냥 주야장천 문제만 풀어야 해. 풀고 또 풀다 보면 수학 점수 잘 나올 거야."

"아, 몰라. 코코아나 한 잔 타 마실래. 너는?"

"나도! 달콤한 거 마시면 기운이 나거든."

둘이서 코코아를 타려고 상담실 밖으로 나오니, 접수대

옆 텔레비전에서 뉴스가 나오고 있었다.

녹산사는 이번 홍수로 입은 재해 복구에 여념이 없습니다. 문화재 상당 부분이 쓸려 가는 등 피해액을 추정할 수 없을 정도로 피해가 막심하다고 합니다. 그중 국보인 금동 불상이 유실되어 대대적인 하천 유역 수색 작업을 벌이고 있습니다.

준표는 그날의 악몽이 떠올랐다.

"나, 그때 저기 있었잖아. 정말 무서웠어."

"그랬구나."

"태양광 설치해 놓은 곳에서 흙더미가 무너져 내려 절을 덮치더라고."

"절은 안전한 곳에 짓지 않나?"

"처음에는 그랬겠지. 그런데 태양광 설치하면서 나무를 마구 베어 냈으니……."

밀레니엄 난제

며칠 후 진로 시간이었다.

"자, 오늘은 각자의 꿈을 한번 발표해 보자."

세인이가 얼굴을 찡그렸다.

"아, 선생님. 꿈 없다니까요."

진로 담당 선생님이 바로 되받았다.

"너 지난번에 메이크업 아티스트 되는 게 꿈이라고 하지 않았어?"

세인이가 고개를 저었다.

"그것도 돈 들어요. 이런 시골에서 어떻게 메이크업 아티스트가 돼요? 서울로 가출해야 될 거 같아요."

선생님은 눈을 부릅뜨며 무서운 표정을 지어 보였다.

"그게 선생님 앞에서 할 소리냐?"

하지만 아무도 무서워하지는 않았다.

"작은 꿈이라도 다른 사람들 앞에서 선언하면, 꿈이 갑자기 구체적으로 변할 수 있어. 생각을 말로 표현하면서 구체화되는 거지. 그럼으로써 그 꿈이 실현 가능해질 것 같고, 자기 안에서 동기 부여도 되지. 그러면 어떻게 될까? 그 꿈을 이룰 수 있도록 스스로 변화해 나가게 되겠지. 선생님이 아는 어떤 사람은 청와대 지날 때마다 이렇게 혼잣말을 했대. '아, 나는 언제 저기에서 일하나?' 어떻게 됐는지 알아? 결국 5년 뒤에 청와대에 경호원으로 들어갔어."

"우와, 정말요?"

"그럼. 그러니까 너희도 자기의 꿈을 한번 말해 봐."

애들이 자리에서 일어나 되는 대로 이야기했다.

"돈 많은 백수요."

선생님이 기다렸다는 듯이 받아쳤다.

"그래, 돈 많은 백수는 누구나 되고 싶어 하지. 그런데 그만큼 돈이 많아질 때까지 너는 무슨 일을 할 건데?"

"몰라요."

"돈을 벌어 놔야 백수가 될 거 아니야?"

"아우, 로또요!"

애들이 폭소를 터뜨렸다.

"하하하!"

선생님은 이런 식으로 애들의 꿈을 듣고 한마디씩 지적하며 수업을 이어 나갔다.

그러다 준표 차례가 되었다.

"준표, 너는 꿈이 뭐야?"

"저요?"

"그래, 너."

"그냥 돈 많았으면 좋겠어요."

"또 돈이냐?"

"네. 아빠가 회사 그만두고 나서 치킨집까지 망했거든요. 그랬더니 사람 취급을 못 받더라고요."

이사 오면서 산사태를 만나고 학원을 차리면서 아빠 엄마가 먹고살려고 아등바등하던 모습이 주마등처럼 눈앞에 스쳐 지나갔다.

"그래, 사람이 먹고살려면 돈이 중요하지. 하지만 돈 자체가 목적이 되면 좀 곤란해. 너희가 정말 좋아하고 평생 지치지 않고 할 수 있는 일을 찾는다면, 그깟 돈은 아무것도 아니라는 걸 알게 될 거야."

준표 가슴속에서 뜨거운 무언가가 확 올라왔다.

"선생님, 그건 공자님 같은 말씀이에요!"

여기저기서 애들 원성이 터져 나왔다.

"오우, 라떼라떼."

준표는 어떤 꿈을 가져야 돈을 벌어서 엄마 아빠를 편안하게 해 줄까 생각을 하니 머리가 아파 왔다. 꿈이 도무지 떠오르지 않아 자리에 털썩 주저앉았다.

이번에는 선생님이 정식이를 가리켰다.

"수학 천재 정식이, 너는 꿈이 뭐니?"

"저요? 저는 밀레니엄 난제 일곱 개를 푸는 게 꿈이에요."

"밀레니엄 난제?"

"뛰어난 수학자들도 풀지 못했던 난제들이에요."

선생님은 먹잇감을 발견한 야수처럼 정식이에게 분필을 건네주었다.

"오케이, 그러면 정식이가 나와서 밀레니엄 난제에 대해 설명해 봐."

"제가 설명해도 애들은 모르겠지만, 그래도 해 볼게요."

정식이는 기다렸다는 듯이 앞으로 나갔다. 수학에 관한 거라면 정식이가 눈을 반짝이며 몇 시간이고 떠들 수 있다는 것을 준표와 반 아이들 모두 알고 있었다.

정식이가 밀레니엄 난제에 대해 설명하기 시작했다.

"밀레니엄 난제는 2000년 5월에 클레이수학연구소가 정한 일곱 가지 어려운 문제예요. 이 문제를 풀면 인류에게 큰 도움이 되지만, 아직 아무도 풀지 못했어요. 그만큼 어려운 문제라는 건데요."

정식이는 칠판에 일곱 개의 난제 제목을 적었다.

호지 추측

푸앵카레 추측

리만 가설

양-밀스 이론과 질량 간극 가설

나비에-스토크스 방정식의 해의 존재와 매끄러움

버치와 스위너톤-다이어 추측

P-NP 문제

"이 가운데 제가 관심 있는 것이 몇 개 있어요. 그중에 푸앵카레 추측 같은 건 이미 러시아의 그레고리 페렐만이라는 사람이 증명해서 풀었어요. 리만 가설은 독일 수학자 베른하르트 리만이란 사람이 추측한 건데, 미국의 루이스 드 브랑게스 교수가 풀었다고 했는데, 검토해 보니까 오류가 있어서 무효가 되었고요. 양-밀스 이론과 질량 간극 가설은 아주 작은 입자들도 질량이 있다는 걸 증명하는 건데, 수학적으로 풀어야 해요."

애들은 알아들을 수 없는 설명에 입을 크게 벌리며 마

구 하품을 했다.

"아, 재미없어."

정식이는 난감해하며 설명을 중단하고 자기 자리로 들어오려 했다.

그때 세인이가 손을 들었다.

"너는 나머지 여섯 개 중 어느 문제 풀 건데?"

질문을 받자 정식이가 눈을 반짝이며 내려놓았던 마커를 다시 들고 '나비에-스토크스 방정식의 해의 존재와 매끄러움'에 동그라미를 쳤다.

"이건 액체나 기체의 운동을 설명하는 기본 방정식인데 아직도 잘 설명이 안 되고 있어. 이걸 풀면 놀라운 발전을 이루게 될 거야. 이 방정식의 해가 있는지조차 완벽하게 이해하기 어렵지만, 나는 반드시 이걸 풀 수 있다고 생각해."

듣고 있던 선생님이 고개를 끄덕였다.

"야, 꿈이 아주 구체적인데? 천재적인 수학자들도 못 푸는 어려운 문제인데 우리 정식이가 풀 수 있을까?"

"상금이 100만 달러예요. 이 문제를 처음으로 푸는 사람한테는 100만 달러를 준대요. 한 사람이 나머지 여섯 개를 다 풀면 600만 달러를 받을 수도 있어요."

책상에 머리를 묻고 자거나 딴청을 피우던 애들이 100만 달러라는 말에 일제히 정식이를 보았다.

"100만 달러?"

"그게 얼마야?"

"야야, 얼마긴 얼마냐? 14억 정도지."

"와, 14억이면 집도 사고, 가게도 사고, 차도 좋은 것 뽑겠다."

"와, 나는 람보르기니 뽑아야지."

"나는 그 돈 가지고 서울 갈래. 서울 가서 멋있게 살아야지."

애들은 상금에 꽂혀서 난리였다. 자기들이 벌써 100만 달러를 받기라도 한 것처럼 흥분했다.

"조용조용! 얘들아, 100만 달러 받는 게 문제가 아니야. 이런 위대한 난제를 풀면 정식이는 전 세계 사람들이 존경하는 수학자가 된다고!"

그러자 세인이가 손을 들고 불만스럽다는 듯 말했다.

"상금이 너무 적어요. 아무도 못 푼 문제를 풀었는데요."

"풀기만 한다면 상금은 아무것도 아니지. 세계적인 수학자가 되면 전 세계 좋은 대학에서 교수로 모셔 가려고 할 거고, 세계 곳곳에 강연 다니고, 책 쓰고, 방송에 출연해 봐라. 수백, 수천 억을 벌 수도 있지. 명예와 돈을 모두 얻게 되는 거야."

선생님 말이 끝나자 아이들 눈길이 모두 정식이에게 향했다. 정식이가 마치 세계적인 수학자가 되기라도 한 것처럼. 하지만 정식이는 아무렇지도 않게 자기 자리에 돌아와 앉았다. 칠판에는 정식이가 적어 놓은 밀레니엄 난제 일곱 개의 간단한 설명이 적혀 있었다.

준표는 적잖게 놀랐다. 수학에 대한 정식이의 열정이 이 정도까지인 줄은 몰랐기 때문이다.

감동은 선생님도 받은 듯했다.

"자, 꿈이란 건 이런 거야. 돈이라는 건 꿈을 실현할 때 자동으로 따라오는 거지. 수업 끝날 때 됐다. 우리 정식이가 꿈을 이루도록 다 같이 박수 쳐 주자. 박수!"

교실에 간헐적인 박수 소리가 퍼졌다. 애들의 격려를 받자 정식이 얼굴이 붉어졌다.

준표는 수학으로도 꿈을 이룰 수 있다는, 새로운 사실을 깨달았다.

텅텅 빈 학원

녹산시는 서서히 제 모습을 찾아 가고 있었다. 물난리 흔적들은 얼추 복구되었고, 대피소에 가 있던 노인들이나 가족들이 집수리를 마치고 몇 달 만에 하나둘씩 제집으로 돌아왔다. 읍내는 아연 활기를 띠었다. 닫았던 가게도 다시 열고, 돌아다니는 사람들도 부쩍 늘었다. 산사태 났던 길들도 정비가 완료되어 외지인들도 다시 찾아오기 시작했다. 그들 가운데는 문화재보존국 사람들도 있었다. 산사태에 휩쓸려 내려간 녹산사 유물들을 찾기 위해 강물 속을 헤집고 다닌다는 이야기가 돌았고, 가끔 커다란 덤프트럭이나 포클레인이 강가를 오가는 것도 보였다.

학교를 마치고 집으로 돌아오는 길에 준표가 세인이에

게 물었다.

"저기서 뭐 하는 거냐?"

"녹산사에서 잃어버린 유물 찾는 중이래. 비용은 얼마가 들어도 좋다면서."

"절에 무슨 돈이 있어서?"

이런 소식에는 역시 세인이가 밝았다.

"돈 많은 신도들이 모두 발 벗고 나섰거든. 나라에서도 도와준대. 절도 복구한다더라."

준표는 세인이와도 많이 가까워졌다. 학원에 자주 놀러 오는 세인이를 보고 엄마는 여자 친구까지 생긴 걸 보니 이사 오기 잘했다는 말을 하기도 했다.

두 아이는 아이스크림을 먹으면서 학원으로 들어갔다.

아빠의 학원은 애들 몇 명이 등록했지만, 그것만으로 학원을 운영하기는 어려웠다.

"너희 학원 이렇게 썰렁해서 되겠냐?"

"안 그래도 아빠가 걱정하더라. 애들이 너무 공부를 안 한대."

"좀 그렇긴 하지. 아, 나도 수학이라면 골치 아파."

상담실에 들어가니 정식이가 수학 문제를 풀고 있었다. 겨울에 있을 경시 대회를 준비하는 모양이었다.

"야, 그 지겨운 수학 문제 아직도 풀고 있나?"

"다른 걸로 바꿨어."

새로 복사한 문제를 깨알같이 풀고 있는 정식이였다.

"하여튼 괴물이라니까."

준표는 정식이가 골라 준 문제집을 폈다.

"숙제 했어?"

"응, 손목이 아프도록 풀었어."

문제는 어렵지 않았다. 다만 모든 유형의 문제를 풀고 또 풀다 보니 지루하고 답답할 뿐이었다.

"오늘은 괄호랑 소수, 그리고 분수 방정식을 가르쳐 줄게."

정식이는 좋은 선생이었다. 더도 아니고 덜도 아니고 딱 이해할 수 있게만 가르쳐 주었다. 세인이도 옆에 껴앉았다. 준표에게서 재밌고 쉽게 가르쳐 준다는 소리를 들었기 때문이다.

"괄호로 묶여 있는 것도 어려울 게 없어. 괄호도 숫자나 기호의 한 묶음이라고 보면 되거든."

"묶음?"

"맞아. 따로따로 있던 것들을 하나로 묶어 놓은 것이라고 보면 돼. 안에 있는 걸 복잡하게 생각할 필요가 없다고. 자, 이거 한번 풀어 봐."

$$3(x+1) = 9$$

이해가 잘 안 가는지 준표가 고개를 갸웃했다.

"이건 $3x$에다 1을 더한 건가?"

"아니, $(x+1)$ 묶음이 세 개 있다는 뜻이야. x도 세 개, 1도 세 개. 그래서 괄호를 풀면 $3x+3$이 돼."

그러자 옆에서 세인이가 거들었다.

"아, 괄호 안에 있는 것들에 3이 우산을 씌워 주는 거네."

"맞아, x에도 우산을 1에도 우산을 씌우는 거지. 나는 밖에 있는 것이 묶음 안에 있는 것에 각각 대포를 쏘는 거라고 생각했어. 대포를 쏘면 묶음이 풀리는 거지."

준표가 눈을 반짝였다.

"아, 대포 쏜다고 생각하니까 확 이해가 된다."

"그렇게 괄호를 풀어서 계산하면, 문제를 못 풀게 없어."

"괄호를 풀면 $3x+3=9$ 이항해서 계산하면 x는 2가 되네."

원리를 이해하니 방정식 괄호 문제도 어려울 게 없었다.

"소수점이 찍혀 있는 것도 똑같이 풀 수 있어. 이 문제 풀어 봐."

$$0.3x + 3.2 = 4.1$$

"소수점 어려워."

준표가 얼굴을 찡그리자 정식이가 웃었다.

"하하, 어려운 소수점을 없애면 되잖아. 그냥 모든 항에 10을 곱해 버려. 그러면 이렇게 되지."

$$3x + 32 = 41$$

"아하 그러면 x는 3이네."

"그래. 소수점이 한자리면 10, 두 자리면 100을 곱하면 표준형 방정식이 돼."

정식이는 그렇게 문제 하나하나를 푸는 법을 설명해 주었다.

하지만 세인이는 아직 방정식조차 이해 못 하는 수준이었다.

"넌 사칙연산부터 다시 풀어야 해."

"그게 뭔데?"

"뭐긴 뭐야? 더하기 빼기 곱하기 나누기지."

"나는 초등학교 때부터 수학 싫어했어."

"걱정하지 마. 일주일만 하면 중학교 수준으로 올라올

수 있어. 초등학교 건 쉽거든."

"알았어, 해 볼게."

정식이가 덧셈 뺄셈 곱셈과 나눗셈이 잔뜩 있는 문제지 복사한 걸 세인이에게 건네주었다. 세 아이는 말없이 저마다 자기 수준에 맞는 수학 문제를 풀었다.

갑자기 밖에서 들려오는 아빠와 낯선 사람의 목소리가 정적을 깼다.

세 아이가 모두 밖으로 고개를 돌렸다.

"이대로는 곤란합니다. 줄 겁니까, 안 줄 겁니까?"

"아, 몇 번을 말씀드려요. 돈이 들어오면 드린다잖아요."

낯선 사람은 아빠에게 큰소리를 쳤다.

"공 원장, 해도 해도 너무하는구먼. 공사 잔금 갚기로 한 지 두 달이 지났잖아요."

"죄송합니다. 학원이 잘 안 돼서 그래요. 곧 방학하면 아 이들이 올 테니 조금만 더 기다려 주세요."

"아니, 그건 공 원장 사정 아니오? 잔금 결제를 해 줘야 나도 먹고살 거 아닙니까? 하자도 다 해결해 줬잖아요."

"미안합니다."

"카드라도 긁어요."

"죄송한데 지금 카드 한도가 다 차서요. 곧 방학이니까 아이들 등록하면 꼭 우선적으로 갚아 드릴게요."

학원이 어렵다는 사실을 정식이와 세인이가 적나라하게 알게 되니 준표는 온몸이 얼어붙는 것만 같았다. 쥐구멍이라도 있으면 숨고픈 심정이었다.

정식이와 세인이가 눈치 보며 가방 싸는 모습을 보자 참다못한 준표가 자리에서 벌떡 일어나 그대로 문을 열고 뛰쳐나갔다.

"에이!"

아빠는 갑자기 뛰쳐나온 준표를 보고 깜짝 놀랐다.

"어, 준표야!"

열린 문틈으로 정식이와 세인이도 보였다.

"너희, 언제 왔니?"

정식이와 세인이는 뻘쭘하게 인사를 했다.

"아, 안녕하세요?"

아이들을 보자 안됐다는 생각이 들었는지 인테리어 사장이 나가면서 한마디 했다.

"며칠 더 말미를 줄 테니 달러 빚을 내서라도 결제해 주쇼."

"음."

아빠는 신음을 하면서 상담실로 들어가 문을 닫았다. 고개 숙인 뒷모습을 보니 학원이 얼마나 어려운지 알 수 있었다.

세인이가 목소리를 낮게 깔았다.

"학원이 잘 안 되나 봐."

"그런 것 같아. 얼마 전 저기 사거리에 서울의 유명한 프랜차이즈 학원이 생겼잖아. 그 학원 때문에 아마 작은 학원들은 어려울 거야."

"어떡해! 준표네 걱정이다."

정식이와 세인이는 죄지은 사람들처럼 소리 내지 않고 학원을 빠져나갔다.

저만치에 준표가 다리 난간에 기대어 흘러가는 물을 하염없이 쳐다보고 있는 것을 보았지만, 두 아이는 모른 척했다. 지금이야말로 준표에게 혼자만의 시간이 필요할 것 같았기 때문이다.

〈라마누잔〉

며칠 뒤 집에 돌아온 준표는 깜짝 놀랐다. 집이 도둑이라도 맞은 것처럼 어질러져 있었고, 엄마와 아빠는 어디에도 보이질 않았다.

"다녀왔습니다."

힘없이 인사하며 방방이 문을 열어 보았지만 아무도 없었다. 실내화를 갈아 신고 학원으로 가 보았다.

학원 앞에 팻말이 하나 붙어 있었다.

오늘부터 학원 문을 닫습니다.

수강생들은 환불해 줄 테니 연락 주세요.

재빨리 상담실로 달려가 보니 아빠가 술에 취해 누워 있었다.

"아빠!"

아빠는 게슴츠레한 눈으로 준표를 보며 눈물을 흘리기 시작했다.

"흑흑흑! 아들 왔냐? 애비가 부끄럽구나. 흑흑!"

가슴이 덜컥 내려앉는 것 같았다.

"엄마는 어디 갔어요?"

"인천에 있는 이모한테 갔다."

책상 위에 있던 컴퓨터와 프린터 같은 것들도 다 치워지고 없었다.

"컴퓨터들은 다 어떻게 된 거예요?"

"인테리어 업자한테 다 가지고 가라고 빚잔치했다."

아빠는 더 얘기하기 싫다는 듯 흐느끼기만 했다. 준표는 술 취한 아빠를 어떻게 할 수가 없어, 상담실 문을 조용히 닫고 밖으로 나왔다.

학원 문을 닫았지만 전처럼 쫓겨나서 갈 곳이 없는 것은 아니었다. 건물이 고모할머니 것이었으니까. 하지만 문제는 어떻게 먹고사느냐였다. 마지막 희망을 걸고 내려왔는데, 학원이 문을 닫았으니 앞날이 막막해진 것이다.

준표는 끓어오르는 울화를 참을 수가 없었다.

'왜 난 아무 잘못도 하지 않았는데, 이런 꼴을 봐야 하는 거야!'

치솟는 분노를 어쩔 줄 모르고 옆에 있던 화분을 걷어차는 바람에 화분이 넘어져 깨지고 말았다. 개원하는 날 아빠 친구들이 보내 준 행운목이었다. 여전히 멀쩡하게 달려 있는 리본에는 이렇게 쓰여 있었다.

'개원을 축하합니다! 앞날에 행운이 가득하기를!'

준표네 가족에게 더 이상 행운은 없었다. 준표는 밖으로 나와 냇물 위의 다리로 가서 난간에 기대고 흐르는 물을 내려다보았다. 끊임없이 흘러가는 물을 보니 조금은 마음이 안정되는 것 같았다. 시간이 지나자 터질 것 같던 분노가 사그라들기 시작했다. 한편으로는 자기가 없어도 사람들은 흘러가는 물처럼 저마다 먹고살기 위해 바쁘게 살아가지 않을까 하는 생각도 들었다.

'뛰어내려 죽어 버릴까?'

하지만 뛰어내려서 죽을 만큼 높은 다리가 아니었다.

'뛰어내려 봐야 개쪽만 팔리겠다.'

다리 위에 멍하니 서 있는데 뒤에서 정식이가 불렀다.

"준표야, 뭐 하냐? 뛰어내리려고?"

속을 들킨 것 같아 가슴이 뜨끔했다. 빙글빙글 웃으며 다가오던 정식이는 장난을 치려다 준표의 어두운 얼굴을 보자 흠칫 놀랐다.

"무슨 일 있냐?"

"우리 학원 문 닫았어."

"뭐? 왜? 너넨 월세 안 내도 되잖아."

"월세 안 내는 게 문제가 아니야. 돈을 못 벌면 망하는 거지. 학원에 있는 컴퓨터랑 프린터도 다 떼어 갔어. 인테리어 사장님이."

"저런!"

다리 난간에 두 팔을 걸치고 같이 흐르는 물을 내려다보던 정식이가 두툼한 손으로 준표의 어깨를 두드렸다.

"우리 집 망해 봐서 아는데, 그 정도면 망한 거 아니야."

"뭐라고?"

"너 진짜 망하는 게 뭔지 모르는구나."

"진짜 망하는 게 뭔데?"

"진짜 망하는 건 갑자기 길바닥으로 내쫓기는 거야. 어디로 가야 할지, 뭘 먹어야 할지, 어떻게 해야 할지 모르는 상태로 거지가 되어 가족들이 뿔뿔이 흩어지는 거, 그게 진짜 망하는 거야. 너는 아빠 엄마가 곁에 있잖아."

"우리 엄마 이모네 가셨어."

"상황이 좋아지면 돌아오실 거잖아? 우리 집처럼 식구가 뿔뿔이 흩어지는 거, 이런 게 진짜 망하는 거라고. 번데기 앞에서 주름 잡지 마라."

들고 보니 준표는 자신에게 아직도 남은 것이 많다는 생각이 들었다.

"중학생이라 알바도 못 하는데, 이제 뭘 먹고 살아야 할지 모르겠어."

"알바 할 생각하는 거 보니 우리 집처럼 되지는 않을 거같네. 우리 집에 가자. 보여 줄 게 있어."

정식이는 앞장서서 걷기 시작했다. 준표는 멍하니 정식이 뒷모습만 바라봤다.

저만치 가던 정식이가 뒤돌아보며 외쳤다.

"뭐 하냐? 안 따라오고?"

준표는 그제야 터덜터덜 정식이 뒤를 따랐다. 집에 가봐야 할 일이라고는 술 취한 아빠 뒤치다꺼리뿐이었다.

준표는 정식이를 따라 반지하 집으로 들어갔다.

정식이 할머니가 마루에서 텔레비전을 보고 있었다.

"할머니, 친구 왔어요."

집에서 곰팡이와 청국장 냄새, 그리고 습기가 가득 찬퀴퀴함이 진동했다.

"안녕하세요?"

"오냐. 우리 정식이가 친구를 다 데려왔네."

"네, 준표라고 해요."

준표는 힘없이 인사하고 코딱지만 한 정식이 방에 들어갔다.

"내가 좋아하는 영화인데 이거 한번 봐. 위로가 될 거야."

"우리 집 망했는데, 나보고 영화나 보라고?"

"너네 집 망한 거 아니라니까! 이 영화를 봐."

정식이는 컴퓨터에 저장해 놓은 영화를 틀었다. 제목은 '무한대를 본 남자'였다.

영화가 막 시작되려는데, 할머니가 배를 깎아 왔다.

"아이고, 우리 손자 친구가 왔는데 대접할 게 이것밖에 없네."

"할머니, 고맙습니다."

준표는 할머니가 주시는 쟁반을 받아 들고, 배를 포크로 찍어 입으로 가져갔다. 식칼로 깎았는지 마늘 냄새가 진하게 났다.

영화 주인공은 인도의 가난한 천재 수학자 스리니바사 라마누잔과 또 한 사람, 영국 왕립학회 수학자 고드프리 해럴드 하디였다.

라마누잔은 머릿속에 그려지는 수많은 공식을 세상에 알리고 싶어 했다. 빈민가에 살던 그를 알아본 것은 하디

교수. 하디는 가난한 수학 천재에게 기회를 주기 위해 반대를 이겨 내고 라마누잔을 케임브리지대학교로 초빙한다. 수학에 대한 열정으로 함께한 두 사람은 모두가 불가능하다고 생각한 무한대의 공식을 입증해 내기 위한 여정을 떠난다.

준표는 어느새 영화에 빠져들기 시작했다. 정식이는 옆에서 자신이 늘 풀던 수학 문제에 빠져들었다.

수학이 밥 먹여 준다?

일주일이 지났다.

엄마는 인천에 있는 이모가 하는 김밥집에서 일한다며 여전히 집에 돌아오지 않았다. 문자를 보내면 답은 간간이 왔다.

> 준표야 아빠랑 잘살고 있어
> 너희 아빠와는 헤어져 사는 게 답인 것 같아
> 미안하지만 엄마가 여기서
> 자리 잡을 때까지만 기다려
> 너희 아빠는 현실 감각이 너무 없어
>
> 오후 10:31

엄마의 말도 이해가 되었다. 준표는 엄마에게 굳이 돌아오라고 말하고 싶지도 않았다.

아빠는 집에서 폐인처럼 누워 있었다. 처음에는 술을 마시더니 몸이 따라 주지 않는지 가끔 나와서 라면을 끓여 먹거나 중국 음식을 시켜 먹고는 그대로 이불 뒤집어쓰고 다시 누웠다. 한마디로 무기력증에 빠진 듯했다.

준표는 점심에는 학교에서 급식을 먹고, 저녁에는 편의점에서 컵라면 같은 걸로 끼니를 때웠다. 학교에서도 엎드려 잠자기 일쑤였다. 서울에서 내려왔다고 선생님들이 기대했었는데, 공부에 손을 놓아 버린 것이다. 담임선생님도 사정을 듣고 나서는 더 이상 준표를 건드리지 않았다. 당분간 준표에게 자기만의 시간이 필요하다고 느끼는 듯했다.

볕 좋은 어느 날, 세인이가 다가와 자고 있는 준표를 깨웠다.

"준표야, 일어나 봐."

준표는 게슴츠레하게 눈을 떴다.

"병든 닭처럼 왜 그래?"

"아, 귀찮아."

그러자 정식이가 다가왔다.

"야, 수학 공부 다시 하자."

그 말에 준표가 발끈했다.

"수학이 밥 먹여 주냐?"

정식이가 웃으며 말했다.

"수학이 돈이 되니 밥도 먹여 줄 거야."

"말도 안 되는 소리! 나, 고등학교도 안 갈 거라고."

정식이가 폰을 꺼내 준표 코앞에 들이댔다.

"이거 봐. 이런 거 찾으면 돈 되잖아."

준표 눈에 현상금 공고가 들어왔다.

녹산사 금동 불상 현상 공고

이번 산사태로 녹산사에서 유실된 문화재를 찾습니다.

국보 345호인 금동 불상을 찾은 사람에게 1억 원의 현상금을

지불하겠습니다.

그밖의 국가 지정 유실물을 찾아오시는 분에게는

각각의 값어치에 따라 포상금을 지불하겠습니다.

전화번호도 아래에 크게 적혀 있었다.

한동안 강기슭에 수많은 사람이 몰려와 금동 불상 찾

는다고 난리였는데, 아무도 찾지 못하고 하나둘씩 떠나가

고 강바닥만 파헤쳐졌다.

"문화재 전문가도 찾지 못하는 걸 중학생인 내가 어떻게

찾겠냐?"

"그래? 너, 그렇게 생각해? 이따 학교 끝나고 만나자."

"왜?"

"어디 좀 갈 데가 있어."

어차피 학교 끝나도 만날 사람도, 갈 곳도 없었다.

마지막 수업인 영어를 마치고 준표는 빈 거나 마찬가지인 가방을 메고 터덜터덜 집 쪽으로 걸었다.

정식이가 다가왔다.

"따라와."

"대체 어딜 가게?"

"암튼 따라와."

정식이는 다짜고짜 준표 손을 잡아끌고 버스 정류장으로 가서 버스에 올랐다. 종점이 녹산사였다.

"녹산사에? 왜?"

"가 보면 알아."

버스는 중간 중간 녹산사에 참배하러 가는 할머니들을 태우면서 시내를 벗어나 시골길을 달렸다.

산사태가 났던 길들은 이미 복구가 다 끝났는데도, 산사태의 끔찍한 기억이 떠오르는 준표였다.

"이 근처에서 죽을 뻔했는데."

"그래? 이제 말끔히 복구됐네."

무너진 계곡은 여기저기 막아서 물길을 틀고, 산사태

로 허물어진 곳은 떼를 입히고, 나무도 심고, 돌로 쌓아 올리는 등 사방 공사가 한창이었다. 이윽고 절 입구로 버스가 들어서니 신도들이 열심히 축대를 쌓거나 길을 닦으며 일하는 모습이 보였다. 법당, 사무실, 매점 등 절 건물도 상당 부분 침수되어 무너지거나 손상을 입은 상태였다.

"절 같은 곳은 절대 무너지지 않을 곳에 짓는데, 저 위에 태양광 패널 설치하는 바람에 다 무너진 거야."

"그럼 소송 걸어야지."

"아마 그러고 있을 거야. 가만히 있을 수는 없잖아."

정식이는 버스에서 내린 뒤 절 마당으로 가지 않고, 계곡 쪽으로 갔다.

"야, 어디 가는 거야?"

"이 계곡물에 불상이 쓸려 내려갔다고 그랬어."

"그래, 아까 네가 보여 줬잖아."

절의 한쪽 터가 잘라 낸 것처럼 무너져, 커다란 바위들이 모습을 드러내고 있었다. 산사태가 얼마나 컸는지 짐작할 수 있었다.

"우리가 그 금동 불상 찾으면 돈이 되지 않겠냐?"

"뭐? 그게 이 넓은 계곡 어디에 있는 줄 알고? 사람들이 계곡을 샅샅이 뒤져도 못 찾았잖아."

정식이는 아무렇지도 않게 말했다.

"우리가 찾을 수 있어."

준표는 어이가 없어 헛웃음을 지었다.

"헐! 잔디밭에서 바늘 찾기야."

녹산사에서 10여 킬로미터 떨어진 녹산시까지 굽이굽이 흐르는 녹산천 유역이 산사태로 깎이고 잘려 나간 상황이었다.

"찾을 수 있다니까."

"거짓말하지 마. 어떻게 찾을 건데?"

정식이는 준표 말에 아랑곳하지 않고, 차분하지만 확신에 찬 어조로 말했다.

"수학으로 찾을 수 있어."

"수, 수학?"

수학이라는 말을 듣자 준표는 갑자기 할 말을 잃었다. 불가능을 가능케 하는 게 수학이라는 것 정도는 준표도 알고 있었다. 가만히 앉아서 피라미드의 높이를 재고, 행성의 운항 궤적을 예측하고, 물건의 부피와 질량과 속도 같은 것들을 알아내는 기술이 모두 수학의 힘이라는 것도……

"여기에서 보물들이 급류에 쓸려 내려갔잖아. 그게 어디까지, 얼마나 빠른 속도로 쓸려 내려갔는지를 계산하면 돼. 어려운 일이 아니야."

"정말?"

"응, 수학은 모든 걸 해결할 수 있어. 영화 봤잖아. 〈라마누잔〉."

"그래, 근데 수학에 빠져들어 가난하게 살다 불행하게 죽은 게 뭐?"

"라마누잔은 스스로 불행하다고 생각하지 않았을 거야. 자기가 하고 싶은 걸 하다 죽었으니까. 그리고 그 사람 때문에 사람들이 도움을 받고 있잖아. 수학을 알아야 삶을 알 수 있고, 우주의 원리를 계산해 낼 수 있어."

"그런 것도 계산 안 하고 문화재 보호국이 찾고 있단 말이야?"

"문화재 자체는 수학으로 계산 못 하지만, 그걸 찾는 일은 수학이 있어야 할 수 있어."

"그런 것까지 수학으로 찾을 수 있다는 신념은 도대체 어디에서 나온 거냐?"

"준표, 네가 그동안 수학 문제 풀면서 방정식으로 구한 게 뭐야? 알 수 없는 x의 값이잖아."

"그렇지."

"이 문제도 마찬가지야. x를 금동 불상의 위치라고 본 다음에 해를 구하면 되는 거야."

"그게 그렇게 쉬우냐? 그럼 지금 당장 찾아내지그래."

정식이는 씩 웃더니 임시 복구된 매점으로 가서 오렌지

주스 두 병을 사 와 한 병을 준표에게 건넸다.

"자, 마셔!"

한 모금 마신 정식이가 물었다.

"너는 반병 정도 마셨는데, 주스의 어느 부분을 마신 거 같아?"

난생처음 받아 보는 황당한 질문에 준표는 그냥 주스 병만 이리저리 들여다보았다.

"당연히 윗부분이겠지."

"아니야, 빨대로 위에서부터 빨아서 마신 게 아니라 병을 기울여서 마셨잖아. 그렇게 마시면 병 안 곳곳에 있는 주스가 저마다 다른 속도로 움직여서 네 입으로 들어가게 돼. 이렇게."

준표는 정식이가 주스를 마시는 모습을 유심히 바라봤다. 정식이 말대로 액체의 움직임은 생각처럼 단순한 게 아니었다.

"내가 지난번에 일곱 가지 밀레니엄 난제 얘기한 거 생각나지?"

"응."

"그중 하나가 바로 유체의 속도와 거리와 시간 계산이야. 근데 이게 쉽지 않은 이유는 변수 하나만 달라져도 처음부터 다시 계산해야 되기 때문이야."

"그런데 네가 그걸 어떻게 찾겠다는 거야?"

"네가 도와주면 할 수 있어."

"저, 정말?"

정식이 얼굴에 웃음기는 하나도 보이지 않았다. 그건 진심이라는 의미였다. 덩달아 진지해지는 준표였다.

"응. 그리고 이건 비밀인데 금동 불상 주변에 다른 유물들도 몰려 있을 거야."

"그래?"

"저 현수막을 봐."

준표는 계곡에 걸려 있는 현수막을 쳐다보았다.

유실 문화재 현상금

금동 불상 1억 원

고려 관세음보살상 5천만 원

각종 유물 적정 보상

"벌써 고서적 같은 것들 찾아서 보상금 몇백씩 받은 사람들도 있대."

"니 말대로라면 고서적 있는 곳에 불상도 있었을 거 아냐?"

"책하고 금동 불상은 무게가 다르잖아. 부피도 다르고

모양도 다르지. 그러면 유체의 운동이 달라져. 계산을 제각 각 제대로 해야 돼."

정식이 말에서 거부할 수 없는 권위가 느껴졌다. 그리고 왠지 정식이라면 찾아낼 것만 같았다. 그렇게만 되면 준표 네 집이 겪고 있는 경제적 어려움을 헤쳐 나가는 데 도움이 될 수도 있을 거였다.

준표는 주체할 수 없는 희망에 계곡 쪽으로 소리 지르 며 달렸다.

"야아!"

가슴속 응어리가 확 풀리는 것만 같았다. 엉뚱하지만 희망이 보였다. 최소한 로또보다는 확률이 높아 보였다.

"준표야! 보상금 받으면 너랑 나랑 반땡이다!"

"너 혼자 계산할 텐데, 왜 나한테 반이나 준다는 거냐?"

"나 혼자는 힘들어. 너의 도움이 필요하다니까."

"내 수학 실력으로?"

"너, 이제 방정식은 풀 수 있잖아."

깊은 계곡에서 준표는 알쏭달쏭한 이야기를 들으며 저 물어 가는 해를 바라보았다.

금동 불상을 찾아라!

학생자치실 문이 열리고 정식이와 준표, 그리고 세인이가 교실 안으로 들어왔다.

오랫동안 닫아 놓은 교실이라 묵은 냄새가 가득했는데, 창문을 열어 환기시키니 상쾌한 공기가 교실을 채웠다.

쌓인 먼지를 보더니 세인이가 중얼댔다.

"청소해야 되는 거 아닌가?"

준표가 손을 저었다.

"청소는 무슨. 그냥 우리 앉을 데만 닦자."

준표와 세인이가 책상 세 개를 닦아서 둥그렇게 배치할 동안, 정식이는 칠판 앞에 가서 설명할 준비를 했다.

"왜 모이자고 했냐면, 내가 금동 불상을 찾아낼 거거

든.”

세인이가 물었다.

“준표한테 듣긴 했는데, 그게 정말 가능해?”

“그럼!”

“온 나라 사람들이 찾고 있는데도 나오지 않았잖아.”

“수학을 쓰면 된다니까? 방정식에서 x를 찾는 거나 마찬가지라고!”

세인이가 다시 물었다.

“x?”

준표가 미처 방정식 이야기는 안 한 모양이었다.

“그래, x 값을 찾아내면 금동 불상이 어디에 묻혔는지 알 수 있어.”

“수학으로 계산하는 거보다 레이저라든가 엑스레이 같은 걸 쓰는 게 더 빠르지 않아?”

“그걸로 불가능하니까 수학으로 하는 거야.”

세인이는 여전히 정식이 말이 이해가 되지 않았다.

“특별히 어려운 건 아니야. 저번에 내가 학교에서 발표했던 나비에-스토크스 방정식이야. 이 나비에-스토크스 방정식은 베르누이 방정식과 함께 유체 역학에서 가장 중요하고 유명한 식이라고 할 수 있지.”

“어려워. 유체 역학이 뭐야?”

정식이는 화이트보드에 평행선을 그어 놓고 설명하기 시작했다.

"이걸 강물이라고 하자. 강가 쪽에 나뭇잎을 띄우면 잘 안 흘러가지?"

"응."

"근데 강물 한가운데에 띄우면 어떨까?"

"그러면 빨리 흘러가지."

"그래, 강물도 위치에 따라 흐르는 속도가 달라. 뿐만 아니라 깊이에 따라 그 속도가 다 달라."

준표는 살짝 감이 오는 것 같았다.

"아, 그러면? 금동 불상이 어디까지 떠내려갔는지를 계산하겠다는 거야?"

"그래, 유속을 계산하면 답이 나오지."

순간 준표 눈이 반짝였다. 방정식으로 못 풀 답은 없었기 때문이다. 공식만 알면 아무리 어려운 문제도 해결된다는 것을 알고 있었다. 그래서 바짝 의자를 당겨 앉았다.

그제야 정식이가 웃으며 말했다.

"관심이 좀 생겼냐? 이제부터 더 자세하게 설명해 줄게."

수학 선생님 같은 정식이 설명에 의하면 나비에-스토크스 방정식은 우리 삶과도 밀접한 것이었다.

"기상청에서 날씨를 예측하는 것도 바로 나비에-스토크스 방정식으로 하는 거야. 며칠 뒤에 어떤 공기가 어떤 영향으로 우리나라에 흘러 들어올지를 계산하는 거지. 공기에는 차가운가 뜨거운가, 높은 곳에 있는가 낮은 곳에 있는가, 습기를 포함하고 있는가 그렇지 않은가 같은 수많은 변수가 있을 거 아니야? 그것들을 다 수치화해서 넣어 가지고 대입하고 계산하는 거야."

준표가 이 대목에서 아는 체했다.

"그래서 슈퍼컴퓨터 쓰는 거라는 얘기를 들은 적 있어."

"그래, 맞아. 그런데 엄청 복잡하고 많은 계산을 눈 깜짝할 사이에 해내는 슈퍼컴퓨터를 쓰는데도 왜 예측이 틀릴 때가 있을까? 그건 바로 슈퍼컴퓨터로 엄청난 계산을 해내긴 하지만, 어디까지나 근사치에 불과하기 때문이야. 기체 역학의 정확한 해를 찾지 못한 거지. 유체 역학도 마찬가지야. 공식만 있다면 지금 내가 강물에 띄운 종이배 하나가 몇 시간 뒤에 어디로 가서 멈출지를 정확하게 계산해 낼 수 있어."

준표는 정식이 설명이 머리에 쏙쏙 들어왔다.

"아, 이해가 돼."

"하지만 강물이나 지구의 공기는 변수가 워낙 다양해서 정확한 해를 찾기가 힘들어. 이 세상 모든 변수들을 넣고 계산할 수 있다면 해를 못 찾을 리가 없지. 나비, 잠자리, 풀벌레의 날갯짓까지도 말이야."

세인이가 엉뚱한 질문을 던졌다.

"그렇게만 된다면 하느님이겠네!"

"맞아, 신의 영역이라고 할 수 있지. 하지만 인간은 끊임없이 신의 영역에 도전하고 있어. 엄마가 아기에게 분유 타서 먹일 때 가루를 물에 넣고 휘젓잖아. 몇 번 휘저으면 녹는지 계산해 낼 수 있어?"

"그걸 어떻게 알아?"

"감으로 하는 거야. 많이 휘저으면 다 녹겠지 하고. 하지만 딱 답이 나오면 그 이상 휘젓지 않아도 되지."

세인이가 고개를 끄덕였다.

"이해할 것 같아."

"그런데 문제는 나비에-스토크스 방정식이 해가 있는지조차도 확인되지 않았다는 점이야. 그래서 밀레니엄 난제로 등록된 거지."

정식이 얼굴이 어두워졌다.

"한마디로 이 방정식은 모든 방정식의 황제라고 할 수 있어. 이걸 풀어내면 우리 인간의 역사는 한 발 더 나아갈 수 있지. 그리고 소문에 의하면 푸앵카레 추측을 증명한 페렐만이 이 난제에 도전하고 있대."

준표가 눈을 동그랗게 뜨고 물었다.

"근데 네가 지금 거기에 도전하겠다는 거야?"

"당근이지!"

정식이는 역학에 대해서 더 이야기해 주었다.

"아까 강물 이야기했지? 그 강물에 흘러가는 물체를 유체라고 해. 유체의 가장 기본은 뉴턴 유체야. 뉴턴 유체는 일정한 점도를 가진 유체를 말해. 강물 같은 것이 뉴턴 유체일 수 있어. 물로 돼 있으니까. 물의 점도는 강의 표면이나 바닥, 가장자리에서 거의 비슷하다고 볼 수 있어. 알코올도 뉴턴 유체에 들어가."

"그럼 다른 유체도 있어?"

"응, 그런 걸 비뉴턴 유체라고 해. 화산 용암이라든가 페인트, 이런 것들은 고분자 유체야. 물이나 알코올은 저분자고. 저분자일수록 점성이 낮아서 잘 흐르지."

"꿀! 꿀은 어때?"

"꿀 같은 건 점성이 높아. 게다가 녹지 않은 결정 같은 게 들어 있으면 속도를 예측하기가 더 힘들어. 꿀은 대표적인 비뉴턴 유체라고 할 수 있어. 그래서 일단은 홍수가 났을 때 흐른 물이 뉴턴 유체라고 가정하고 계산해야 되는데, 사실 그러면 오차가 너무 커져. 홍수가 나면 흙이 쓸려 내려오면서 물과 함께 섞이게 되잖아. 걸쭉한 흙탕 죽처럼 되지. 그리고 군데군데에 바위, 모래, 진흙도 있어. 뿐만 아니라 나무 같은 것들이 뿌리째 뽑혀 있기 때문에 그런 것에 걸릴 때, 유체의 속도가 어떻게 달라지는지 계산해 낸다는 건 거의 불가능하지."

아이들은 크게 실망했다.

"에이, 그럼 안 되는 거잖아?"

"걱정 마. 내가 여러 자료를 보고 대충 공식을 준비해 왔어."

정식이는 공식을 칠판 위에 써 나갔다. 보고만 있어도 눈이 팽글팽글 돌아갈 정도였다. 중학생의 지성을 뛰어넘는 공식이었기 때문이다. 화이트보드가 순식간에 기호와 수식으로 가득 찼다.

준표는 마음이 급해졌다.

"정식아, 문제는 나중에 풀고, 빨리 결론부터 말해 봐."

세인이도 지겨운지 하품을 했다.

"그래서 어디에 금동 불상이 있다는 거냐고."

준표가 맞장구쳤다.

"그래, 그래서 어디까지 떠내려갔다는 거야? 제발 말 좀 해 줘."

두 아이의 성화에 정식이가 고개를 저었다.

"그게 쉽지가 않아. 흙의 양과 물의 양, 그리고 계곡의 경사도 같은 것들을 상수로 넣어야 돼. 그런 다음 공식을 가설로 세우고 숫자를 입력해서 계산해 낼 건데, 너희 도움이 필요해."

"우리가 어떻게?"

"나는 계산을 할 테니까 너희는 인터넷에서 흙이 쓸려 내려가기 전과 후의 지도를 보고, 가로 세로 깊이 폭 등을 정확하게 알아내서 알려 줘. 그럼 내가 토사의 양을 계산해 낼 거야. 그리고 위성 지도를 출력해서 그 지역에 토사가 어디까지 분포되었는지를 계산해 봐야 해. 물론 오차도 감안해서."

"엄청난데?"

"시간이 걸릴 뿐이지 어렵지는 않아. 너희가 그것을 계산해 주면, 내가 상수를 정하면서 변수들을 점검할 거야."

이야기를 나누다 보니 칠판이 다시 공식과 기호로 빽빽해졌다.

"와! 우리 엄청나게 모범생 같아."

세인이가 정식이 안경까지 뺏어서 쓰고 화이트보드를 배경으로 셀카를 몇 장 찍었다.

"얘들아, 불가능은 없어. 하지만 돈 버는 게 쉬운 일은 아니야."

세인이가 거들었다.

"맞아, 우리 아빠가 공짜는 없다 했어. 당장 해 보자."

세 아이는 노트북을 켜고 지도를 보며 여러 가지 자료를 검색하기 시작했다.

현장에 답이 있다

비장한 각오를 한 세 아이는 일요일 아침 첫 버스를 타고 녹산사 입구에 내렸다. 신도들은 거기부터 걸어서 절까지 올라가야 했다. 나이에 비해 감당하기 버거운 삶의 부침을 경험한 준표는 두 번째 가 보는 길이지만, 절이 주는 고즈넉함이 좋았다.

"여기 오면 마음이 편안해져."

세인이도 준표 옆에서 강아지 데리고 산책이라도 나온 사람처럼 찰랑거렸다.

"나도 그런데!"

정식이는 무게를 잡았다.

"나는 마음이 무거워. 내가 계산해 내는 게 맞을지 알

수가 없으니까."

정식이 계산에서 가장 큰 문제는 녹산사 뒤에 있는 산에서 떠내려 온 흙의 양이었다. 인터넷 지도를 살펴보니 면적과 크기 계산은 가능했다.

"이 산의 등고선과 인터넷 지도를 보면 흙이 얼마나 쓸려 내려갔는지 계산할 수 있어. 흙의 부피를 비교해서 계산하면 되니까. 이번 산사태로 유실된 면적은 약 2,400제곱미터이니까 쓸려 내려간 흙의 양은……."

몇 번의 시행착오를 겪은 준표가 자신의 노트북에 있는 공식에 숫자를 대입하자 바로 숫자가 나왔다.

'$1687m^3$'

아무리 봐도 모르겠다는 듯 세인이가 물었다.

"이게 얼마큼인데?"

정식이가 알려 주었다.

"가로 세로 높이가 1미터인 박스가 $1m^3$야. 그거 1,687개가 쓸려 내려간 거라고 보면 되지."

"그렇게나 많이?"

"응. 이걸 물이라고 치면 1,687톤이야."

"15톤 트럭 113대쯤이 퍼내야 되는 양이네?"

정식이가 고개를 저었다.

"15톤 덤프트럭이 실을 수 있는 흙의 양은 15톤이 아니야. 흙은 물보다 무겁거든. 검색해 보니까 흙의 단위 중량은 1.5에서 1.9톤이더라. 어림잡아 1.7톤이라고 치면 한 대에 9톤 정도밖에 실을 수 없다는 결론이 나오지."

"그럼 188대쯤 필요하겠네."

세인이가 재빨리 인터넷을 검색했다.

"15톤 트럭 하나 빌리는 데 하루에 최소 50만 원은 줘야 돼. 그러면 도대체 얼마가 필요한 거야?"

"다 퍼낸다면 간단하지. 트럭 한 대에 9톤 잡고 하루에 다섯 번 퍼 나른다고 한다면 고작 45톤이고, 38일쯤 걸리네."

"어디 그것뿐이야? 포클레인도 있어야 하고, 인부들도 있어야 하잖아."

세인이가 입을 딱 벌렸다.

"와, 요렇게만 계산해도 수천만 원 들겠네."

"그러니까 불가능한 거야. 이론적으로 흙을 다 퍼내면 찾기는 찾겠지. 하지만 자연도 망가지고 시간도 오래 걸려. 그래서 수학이 필요한 거지. 이제부터 금동 불상이 어디로 쓸려 갔나 계산해야 해. 계산만 하면 간단하니까."

이런 때의 정식이는 무척 똑똑해 보였다. 현장을 답사하러 온 것은 자신들이 계산한 곳이 맞나 확인해 보기 위해서였다.

절에 올라가 포장 쳐 놓은 산사태 현장 코앞까지 가서 보더니 정식이가 갑자기 인상을 찌푸렸다.

"계산이 틀릴 확률이 아주 높아."

"왜?"

"여기 중간 중간에 있는 바윗돌들은 떠내려가다 말았잖아. 이렇게 되면 바윗돌까지 계산해야 돼."

"뭐에다가?"

"떠내려간 흙의 양에서 빼야지. 저기 집채만 한 바위들을 다 계산하면 우리 데이터에 상당히 영향을 줄 수 있어. 무거우니까 몇 미터 굴러가다 멈췄잖아. 저렇게 되면 토사의 흐름을 방해하고 유속을 떨어뜨리게 돼. 아주 복잡해지겠네."

정식이는 폰으로 커다란 바위들을 하나하나 찍었다. 큰 바위, 작은 바위들을 하나하나 찍으며 계곡을 따라 내려오자 아이들은 지쳐 버렸다.

다리를 접질렸는지 세인이가 절룩거리며 물었다.

"이거 언제까지 해야 되냐?"

"할 수 있는 데까지 해 보자. 나머지는 카오스 이론으로 추측해서 계산해 내면 돼."

"자잘한 바위들은 멀리 갔을 거 아니야?"

"그런 바위들은 별로 영향을 못 미쳐. 여기 있는 큰 바위들이 초기 유속과 토사의 양을 결정짓지. 내가 반드시 계산해 낼게."

"그러면 정답이 나오는 거야?"

"지금까지 내가 한 거는 상수 몇 개를 정한 거뿐이야. 너무나 많은 변수가 있는데, 근사치가 나올 때까지 몇 번이나 해 봐야 해. 현장에도 자주 와 봐야 하고."

준표가 혀를 내둘렀다.

"엄청난 일이네!"

세인이가 고개를 끄덕였다.

"그러게."

준표는 그동안 찍은 사진들을 보며, 다시 돌들의 부피를 살펴보았다.

"가로 세로 2미터 이상 되는 바위를 A군, 그 아래를 B군으로 나누어서 각각 몇 개나 되는지 한번 세어 볼게."

다행히 계곡 아래쪽에는 큰 바위들이 없었다.

"A군 바위들이 스물네 개고, B군은 셀 수가 없어. 1미터쯤 되는 바위가 10미터 간격으로 몇 개 있나 세어 볼까?"

세인이가 대답했다.

"10미터마다 50개씩은 있는 거 같아. 근데 아래쪽엔 별로 안 보이네."

정식이가 두 아이에게 설명했다.

"그만큼 유속이 급격히 약해졌다는 거야. 큰 바위들의 저항 때문에 밑에 있는 바위들은 거의 움직이지 않았어. 경사가 급하고 급류를 두들겨 맞은 돌들만 움직인 거란 말이야. 이것도 계산에 넣어야 해."

계산에 흥미를 느낀 정식이는 눈을 반짝였지만, 세인이와 준표는 할 일이 없었다.

눈치챈 정식이가 선심 쓰듯 말했다.

"너희는 잠시 쉬고 있어. 내가 계산해 볼게."

세인이와 준표는 자리를 털고 일어났다.

"이참에 절 구경이나 해 볼까?"

하지만 볼만한 게 별로 없었다. 적막한 절에 목탁 소리만 고즈넉하게 울리고 있었다.

준표가 세인이에게 슬쩍 물었다.

"너는 정식이가 저렇게 계산하는 거 믿냐?"

세인이가 미소를 지었다.

"저번에 재밌는 일이 있었어."

"뭔데?"

"애들이 운동장에서 야구 하다가 홈런을 쳐서 공이 담을 넘어 갔거든. 그래서 다들 공을 찾아 학교 밖으로 나갔어. 그런데 아무도 찾지 못했어. 넘어간 방향은 아는데 넘어가서 어디로 갔는지 도무지 알 수가 있어야지. 골목까지 샅

살이 뒤졌는데도 없었거든."

"그깟 야구공 하나 찾으려고 그 난리를 쳤다고?"

"응, 어떻게든 찾아내야만 했어. 그 야구공이 애들이 갖고 놀아서는 안 되는 공이었거든."

"그게 무슨 소리야?"

"작년에 우리 학교 야구부가 전국 대회에 나가서 우승한 기념으로 진열해 놓은 야구공이었던 거야. 애들이 중앙 현관 트로피 진열장에 있는 걸 몰래 빼다가 쓴 거지. 메이저리거가 사인도 해 준 공이야."

한마디로 학교의 역사 기념물이 사라진 거였다.

준표가 입을 크게 벌리고 웃었다.

"하하하. 찾을 수밖에 없는 공이었네."

"더 들어 봐. 애들이 이제 다 죽었다고 사색이 되어 주저앉아 있는데, 정식이가 그 공을 찾아냈어."

"어떻게?"

"포물선이라나 뭐라나 하더니 금방 계산하더라. 공을 친 위치와 넘어간 방향을 확인하더니, 담장 몇 미터 위로 넘어갔는지 물어보더라고. 애들이 내 키 정도 높이로 넘어갔다고 했더니 쓱쓱 그림을 그려 놓고 계산했어."

"답이 나왔어?"

"응, 학교 뒤에 있는 노인정 정자 근처에 있을 거라나?

애들은 정자까지는 가지도 않았거든. 학교 담장 근처만 뒤졌지."

"그래서 찾았어?"

"정자에 가 보니 정자 기왓장 한 장 깨고 튕겨서 화단에 박혀 있더라. 애들이 깨진 기와를 빼서 화단에 꽂아 놓고 정자 마루 밑에 보관되어 있던 새 기와로 끼워 놓았어. 그러고는 학교로 돌아와 야구공을 제자리에 가져다 놨지."

준표는 혀를 내둘렀다.

"오! 해냈네!"

"수학의 힘이라나, 뭐라나. 그다음부터 우리는 수학에 관한 정식이 말은 반드시 믿어."

그날의 탐사는 성과 없이 끝났다. 세 아이는 두어 시간 뒤 절을 떠났다. 정식이는 버스를 타고 돌아오는 길에도 계속 머릿속으로 뭔가를 복잡하게 생각하는 눈치였다.

정식이의 공식

보름 넘도록 집에서 공식 만든다고 끙끙거리던 정식이가 금요일 밤에 문자를 보내왔다.

> **드디어 공식 만들었어!** 오후 10:15

> **무슨 공식?** 오후 10:15

> **금동 불상이 어디쯤 묻혀 있을지 알아낼 공식!** 오후 10:15

정식이는 자신의 공식이 적힌 노트북 화면도 올렸다.
'자식, 내가 본들 어찌 알겠냐.'

다음 날 오전, 늦잠을 잔 준표는 컵라면 하나 먹고 집을 나섰다. 아빠는 뭔가 알아본다고 새벽같이 나가고 집에 없었다. 집 안은 쓰레기 천지로 변해 가고 있었다.

저만치 다리 위에서 정식이와 세인이가 손을 흔들었다

"빨리 와."

"왜 이리 서둘러?"

"이거 봐."

정식이는 노트북에 적어 놓은 공식에 숫자를 대입하기 시작했다.

"내 계산은 바위 용적에 따라 틀릴 수가 있어. 그래서 그것들을 하나하나 살펴서 위치랑 크기랑 거리를 계산했어."

정식이는 사진 수십 장으로 개천에 널린 큰 바위들을 보여 주었다. 사진에는 다음과 같은 글자들이 쓰여 있었다.

'뭉치, 토리, 성난 사자, 날다람쥐'

"이건 뭐냐?"

"바위마다 이름을 지었어. 그래야 덩치를 쉽게 알 수 있으니까. 일단 바위들의 위치 좌표를 기록하고, 쓸려 내려온 토사의 양과 속도가 시간마다 어떻게 달라지는지를 계산하는 게 출발이야. 토사는 바위들에 부딪치면서 속도가 떨어지고 에너지를 조금씩 상실하지. 그러다가 맨 마지막엔 가장 가벼운 것들만 물에 섞이거나 녹아서 멀리까지 가는 거야."

세인이가 당연한 말을 하느냐는 듯 정식이를 보았다.

"지금쯤 바다로 갔겠지."

"물은 떠내려갔을지 모르지만 물과 함께 쓸려간 흙들은 다 바다로 가진 않았을 거야. 거기 섞여 쓸려 내려간 금동불상이 어디쯤에서 가라앉아 자리를 잡았느냐가 포인트야."

"이 크고 넓은 계곡에서?"

"응, 계산하면 나와."

정식이는 의심할 바 없다는 듯한 표정으로 바윗돌들의 숫자를 하나씩 대입해 가며 연신 고개를 끄덕였다.

"떠내려간 토사를 유체로 보면 걸쭉할수록 멀리 안 갔을 거고, 맑을수록 멀리 갔을 거야."

준표가 배낭에 꽂아 온 등산용 곡괭이를 흔들었다.

"골치 아파. 그래서 어딘데? 어디 가서 파면 되는데?"

"내 생각에 오늘 안으로 찾을 것 같아."

"뭐라고?"

"답만 알면 되는 거 아니냐. 오늘 여러 번 계산해 봤는데, 가장 가능성이 있는 곳은 유석마을 입구야."

좁은 계곡의 바위들을 깎아 가며 흐르던 물이 유석游石

마을 부근에서 갑자기 폭이 넓어지는데, 그때 유속이 느려지면서 물과 함께 떠내려오던 돌이 가라앉는 곳이라고 해서 지어진 이름이다.

준표는 뭐라도 해 봐야겠다는 생각이 들었다.

"가자, 유석마을로."

세 아이는 자전거를 이용하기로 했다. 유석마을까지는 자전거로 30분이면 갈 수 있기 때문이다.

"유석마을에서 175미터 되는 곳에서 한번 찾아보자."

"175미터?"

세인이가 렌즈가 두 개 달린 골프용 망원경을 꺼냈다.

"이럴 줄 알고 내가 망원경 가져왔지."

준표가 신기한 듯 손을 내밀었다.

"어디 봐."

망원경 렌즈에 눈을 대 보니 거리를 알려 주는 눈금이 보였다.

계산 결과를 다시 살펴본 정식이가 자신 있게 말했다.

"자, 여기쯤이야."

정식이가 가리키는 곳은 큰 것은 항아리만 하고, 작은 것은 메주만 한 바위들이 강변에 하얗게 깔린 곳이었다.

"여기를 다?"

"응, 계산한 바에 따르면 여기까지 금동 불상이 떠내려왔을 거야. 바위 사이사이를 뒤져 보자."

엄두는 나지 않았지만 아이들은 자전거를 차도의 가드레일에 기대 놓고 레일을 넘어 강가로 걸어 내려갔다.

"이쯤이야. 어머, 이것 봐."

세인이가 흰 고무신 하나를 들어 올렸다.

"여기 고무신이 하나 있어."

자세히 살펴보니 '녹산사 법장'이라고 쓰여 있었다.

"법장이라는 스님의 고무신인가 봐."

희망이 생겼다. 절의 물건이 이곳까지 떠내려 온 게 사실이었기 때문이다.

"더 찾아보자."

흥분한 아이들이 더 바짝 달라붙었지만, 그곳은 잡풀이 무성하고 학교 운동장 열 개를 합친 것보다 넓었다. 바윗돌 사이를 살피며 돌아다니던 준표는 흐르는 땀을 닦았다. 그리고 한 시간 뒤 이 일이 얼마나 황당한 일인지를 비로소 깨달았다.

계속되는 탐사

계곡의 물소리가 정겨웠다. 텐트 바깥으로 어느새 풀벌레 소리가 울렸다. 여름이 다 간 것이다. 정식이와 준표는 비좁은 텐트에 누웠다.

추석 명절을 앞두고 연휴가 시작되었다. 두 아이는 곡괭이와 삽을 들고 강가로 와서 자리를 잡고 이 잡듯이 뒤졌다. 벌써 일곱 번째 탐사였다.

처음 탐사는 실패였다. 바윗돌 사이를 몇 번이나 뒤져도 고무신이나 헝겊 나부랭이 비닐 조각들만 발견되었다.

정식이가 고개를 저었다.

"가벼운 것들만 있는 거 보니 내 계산이 틀린 거 같아.

이곳에서 절 사이에 분명히 금동 불상이 묻혀 있을 거야."

지칠 대로 지친 준표가 자포자기하는 심정으로 짜증을 부렸다.

"야! 여기서 거기 사이에 묻혀 있다는 건 나도 알겠다. 가벼운 것들이 여기까지 떠내려왔다는 건 무거운 금동 불상 같은 건 오는 중에 가라앉았다는 거잖아. 문제는 콕 집어 어느 지점이냔 거지! 절까지 1킬로미터도 넘는데, 언제 다 뒤질 거냐고!"

"그것만 알아도 다행이잖아."

"그런데 문화 재단 사람들은 왜 읍내에서 탐사하고 있는 거야?"

"그 사람들은 공식을 모르니까 거기에서 찾고 있는 거야."

"그 사람들 나라에서 월급 받는 사람들이야. 나름 근거가 있는 거 아니겠어?"

"그거 엉터리야. 자, 내가 실험을 해 볼게."

정식이는 떠내려가는 물을 돌로 막아 둑을 만들었다. 작은 댐처럼 되자 물이 막히면서 수위가 올라갔다.

세인이가 궁금한 듯 물었다.

"뭐 하려는 거야?"

"물의 양이 많아졌지?"

자갈들 틈 사이로 물이 졸졸 새 나왔지만 제법 물이 고 였다.

"이 앞에 고무신 하나를 갖다 놔 봐."

고무신을 놓자 정식이가 갑자기 둑을 무너뜨렸다. 둑이 무너지자 물이 콸콸 쏟아져 내렸고, 고무신은 저만치 밀려 가서 다시 바윗돌에 걸렸다.

"이런 원리야! 물이 많아서 힘이 세지면 고무신이 더 멀 리 간다고."

"그래, 알겠어. 알겠는데 그래서 금동 불상은 어떻게 됐 냐고!"

"그거 계산하려고 애쓰고 있잖아."

준표는 어처구니가 없었다.

"이걸 꼭 계산해 봐야 돼? 그냥 계곡 따라 올라가면서 찾으면 되잖아! 그게 빠르지 않을까?"

"모르는 소리 하지 마. 그렇게 할 거면 처음부터 왜 계산 을 했겠어?"

두 아이가 옥신각신하자 세인이가 말렸다.

"싸우지 마. 내가 봐도 여긴 아닌 거 같아. 좀 더 상류일 거야. 금동이라면 무겁겠지. 무거우니까 떠내려오다가 분명 히 어딘가에 묻혔겠지. 더 위로 가서 찾자. 여긴 아니야."

세인이에겐 그런 능력이 있었다. 복잡하게 얽힌 일을 현실적이고 직설적으로 단칼에 해결하는.

그때부터 준표와 정식이는 주말만 되면 수석 찾는 사람들처럼 계곡을 뒤졌다. 모래밭에서 바늘 찾기였다. 세인이는 몇 번 해 보더니 재미없다며 빠졌다.

몇 번의 탐사 끝에 마침내 정식이가 말했다.

"알아냈어!"

"뭘?"

"금동 불상의 무게 말이야."

"그걸 이제야 계산한 거야?"

"아니, 어떻게 계산해야 될까 싶었는데 옛날 문헌을 봤더니 금반지, 금비녀 같은 거 50냥과 동 같은 다른 금속 50냥을 섞어서 만들었대. 킬로그램으로 환산해 보니까 무게가 3.75킬로그램이야."

"금 50냥이라고? 그럼 얼마야? 가만있어 봐."

준표는 폰으로 한참을 계산하더니 놀라며 말했다.

"와, 금값만 쳐도 50냥이면 1억 6,000만 원 가까이 돼."

"문화재를 가격으로 따지냐? 지금 현상금만도 2억이야. 그새 두 배로 올랐다고. 이제 이 무게를 공식에 적용하면 돼."

이런 식이었다. 하나의 변수가 생길 때마다 정식이는 새로운 계산을 통해 새로운 위치를 잡았다. 하지만 공식이 찍어 준 그곳에 금동 불상은 없었다. 번번이.

한 번만 더 금동 불상 있는 곳을 찾아보자는 정식이의 부탁으로 두 아이는 이렇게 강가에 와서 누운 것이다.

'오늘이 마지막이야.'

준표는 새삼 다짐하며 어제 집에 돌아온 아빠 생각을 했다.

"아빠!"

"잘 있었니? 아빠가 먹을 것도 못 챙겨 주고 미안하다."

준표는 아빠에게서 예상치 못한 사과를 받자 울컥했다.

"괜찮아요. 옆집 할머니가 가끔씩 들여다보시고 챙겨 주셨어요."

"애비 노릇도 못 하고."

"아빠, 어디 갔다 왔어요?"

"세종시 아파트 현장에."

아빠는 전국을 떠돌며 일거리를 찾아다니고 있었다. 영어, 수학 가르치던 희디흰 손으로 막노동을 했다는 것이다. 손 여기저기가 벗겨지고 군살이 잡힌 모습을 보니 또 울컥했다.

"아빠가 그동안 너무 쉽게 살아온 것 같다. 너희 엄마가 떠난 것도 이해가 돼. 다행히 문서나 도면 볼 줄 알아서 막 노동은 하지 않아. 십장 하고 있어."

"아빠가 어떻게 십장을 해요?"

"하하, 십장 보조이긴 해."

아빠는 씻고 눕자마자 그대로 잠이 들어 버렸다. 준표는 이불을 덮어 주고 엄마에게 문자를 보냈다.

> 엄마 잘 지내?
> 아빠는 막노동하러 다닌대

오후 7:11

한참 후 엄마에게서 답 문자가 왔다.

> 엄만 치킨집에서 일한다
> 치킨집만은 피하고 싶었는데
> 이모네 집 옆에 있는 치킨집에서
> 유경험자를 구하길래 어쩔 수 없었어
> 돈 많이 벌면 데리러 갈 테니까
> 그때까지 공부 열심히 하고 있어

오후 8:21

신기루 같은 이야기였다.

한숨을 쉬고 있는데, 텐트에 누웠던 정식이가 일어났다.

"준표야, 미안해. 하지만 내일은 꼭 찾을 수 있을 거야. 다시 공식을 보니까 돌들이 땅속에 묻혀 있었다는 계산을 못 했어. 그러니까 돌의 저항을 좀 더 계산해서……."

"그만해! 이제 계산 얘기 지겨워!"

수학을 배워 보겠다고 방정식을 외우고 문제를 풀면서 준표의 실력은 조금씩 나아지고 있었다. 지난번 수학 시험에서는 두 문제 틀리고 다 맞아 담임선생님에게 칭찬을 받기도 했다. 칭찬은 고래도 춤추게 한다더니, 준표는 어깨춤이 절로 났다. 물론 선생님도 정식이의 공을 알고 있었다. 하지만 이제 수학이라면 지긋지긋해졌다.

"그래, 알아. 하지만 나는 밤하늘을 보면서 별들이 과거의 수학자들이라고 생각해. 그들은 어려운 증명에 도전했고, 풀리지 않는 문제를 풀었어. 나도 이 문제를 풀어 보고 싶은 거야."

준표가 정색을 하고 물었다.

"솔직히 말해서 풀 자신 없지?"

"아니야, 자신 없으면 이 짓을 왜 하겠어? 수학으로 금동 불상을 찾아내고 말 거야. 그새 현상금도 올랐는데, 여전히 못 찾고들 있잖아."

맞는 말이었다. 현상금이 오르자 금동 불상을 찾기 위

해 다시 전국에서 사람들이 와서 강바닥을 여기저기 쑤셔
놓았지만, 이제는 다들 포기한 상태였다.

정식이가 준표를 다독였다.

"내일 한 번만 더 찾아보자."

두 아이는 다시 피곤한 몸을 뉘었다.

아빠와의 다툼

일요일 오후, 준표는 더없는 실망감을 안고 집으로 갔다. 어깨에 멘 텐트가 천근만근이었다.

정식이가 이번엔 틀림없다며 내민 수치에 따라 두 아이가 찾아간 지점은 굵은 돌멩이들이 잔뜩 쌓여 있는, 강의 중간 지역이었다. 돌들을 하나하나 뒤집으며 있을 만한 곳을 찾아보았지만, 금동 불상은 나타나지 않았다. 허리를 펴서 다시 둘러봐도, 어느 바윗돌 밑을 뒤져야 할지 알 수가 없었다. 나비에-스토크스 방정식의 문제를 푼다는 자체가 황당한 일이었다.

그때 정식이가 외쳤다.

"여기 뭐가 있어!"

절망이 갑자기 희망으로 바뀌었다.

준표는 첨벙첨벙 물을 튀기며 있는 힘을 다해 달려갔다.

"어디, 어디?"

정식이가 가리키는 바윗돌 밑에 정말 금속 조각이 고개를 내밀고 있었다. 흐르는 물에 손을 넣어 만져 보니 틀림없는 것 같았다.

지옥에서 천국으로 가는 듯했다.

"드디어 찾았다!"

기쁨이 하늘을 찌를 듯했다.

"으하하하!"

두 아이는 신이 나서 하이파이브를 했다.

"우리는 이제 부자다!"

"나, 이걸로 사고 싶은 거 다 살 거야!"

하지만 금속 조각을 덮고 있는 커다란 바위를 보니 걱정이 되었다.

정식이가 외쳤다.

"지렛대!"

두 아이는 바로 숲속으로 들어가 지렛대로 쓸 만한 나무를 찾아보았다. 누군가 베어 놓은 굵은 나뭇가지가 있었다. 두 아이는 나뭇가지를 가져와 지렛대의 받침이 될 만한 돌을 놓은 다음, 나뭇가지를 돌에 걸치고 바윗돌 틈에 끼웠다.

"자, 내가 누를 테니까 네가 꺼내."

준표가 얼른 물속에 손을 넣었다.

"알겠어!"

정식이가 있는 힘을 다해 가지를 눌렀다.

"끄응!"

"아, 바위가 꿈쩍도 안 해."

"좀 더 긴 나무를 찾아보자."

정식이는 뜬금없이 지렛대의 원리를 설명했다.

"지렛대는 힘점, 받침점, 작용점의 위치에 따라 종류가 나뉘어. 힘점에 힘이 가해지면 받침점을 중심으로 더 큰 힘이 작용하지. 작용점의 힘은 온전히 받침점을 중심으로 한 길이에 따라 달라져. 힘점의 힘을 f, 작용점의 힘을 F, 받침점에서 작용점까지의 거리를 d1, 받침점에서 힘점까지의 거리를 d2로 표시하면 $F \times d1 = f \times d2$, $d1 = 1$, $d2 = 10$인 경우, $F = 10f$, 즉 작용점의 힘이 힘점의 힘의 열 배가 되는 거야. 이렇게 하면, 우리가 1의 힘만 써도 10의 힘을 낼 수 있는 거지."

"야, 세상에 공짜가 어디 있냐?"

"물론, 열 배의 거리 손해를 보긴 하지."

"1미터 길이로 움직여서 10센티미터 올리면 그사이에 금동 불상을 꺼낼 수 있어."

"아, 그래?"

준표는 상류로 올라오다 본, 강가에 나뒹굴던 녹슨 쇠 파이프가 생각났다.

"아까 쇠 파이프 봤어. 갔다 올게."

준표는 뒤뚱대며 부유물들이 쌓여 있는 쪽으로 달려가서 2미터쯤 되는 녹슨 쇠파이프를 들고 돌아왔다.

"이거면 되지 않을까?"

희망이 보였다. 두 아이는 파이프를 바위 밑에 끼우고 힘을 주기 위해 지렛대 받침을 찾았다.

"이거면 되겠어."

정식이가 U 자 모양으로 굽은 큰 돌을 바위 가까이에 놓고 파이프를 받쳤다.

받침돌을 중심으로 바위 쪽에는 준표가 자리 잡고, 반대쪽엔 정식이가 자리 잡았다. 정식이가 파이프를 누르자 큰 바위가 움찔하며 움직였다.

"한 번만 더 하자."

"이번엔 아예 올라타!"

정식이가 쇠 파이프에 올라타자 바위가 들렸고, 준표는 재빨리 바위 밑의 금속 물체를 끄집어냈다. 잠시 들렸던 바위는 다시 모래밭에 박혔다.

그러나 금속 물체를 확인한 두 아이는 실망을 금치 못했다.

"이게 뭐지?"

"자동차 부속품 같아. 에이, 딱 금동 불상인 줄 알았는데."

기대가 크면 실망이 큰 법이었다.

"아, 젠장!"

하지만 정식이는 여전히 진지했다.

"이게 여기까지 왔다는 건 금동 불상도 여기 어딘가에 있다는 건데⋯⋯."

정식이의 희망 섞인 말에도 준표는 탐색 작업을 이어 가고 싶은 마음이 들지 않았다. 힘이 빠져 버린 것이다.

실망을 하긴 정식이도 마찬가지였다. 수없이 수정한 자신의 공식으로 금동 불상의 정확한 위치를 알아내지 못했기 때문이다. 허탈감을 견디지 못한 두 아이는 철수하기로 했다.

정식이가 떨어지는 해를 보며 말했다.

"미안해."

"뭐가?"

"그냥. 허탕 치게 해서. 공식 적용하는 게 쉽지가 않네."

"됐어! 우리가 황당하게 이런 일을 벌인 게 잘못이지."

"미안해."

"또 뭐가? 우린 최선을 다했잖아. 수학으로 돈을 벌 수 있다는 생각 자체가 잘못된 거였어."

정식이는 기가 팍 죽어 땅만 보며 걸었다.

준표가 텐트를 문간에 기대 놓고 집 안으로 들어서는데, 술 취해 누워 있던 아빠가 혀 꼬부라진 소리로 물었다.

"넌 또 어디 갔다 오냐?"

준표는 대답하지 않았다. 이대로 가면 아빠가 폐인이 될 것 같은 생각이 들었지만, 겨우 중학생인 준표의 말이 먹히기나 할 것인가.

"씻을게요."

준표가 욕실로 들어가자 아빠가 쫓아와서 욕실 문을 걸어찼다.

"하라는 공부는 안 하……!"

아빠가 나뒹구는 소리가 들렸다. 순간 준표의 가슴속에서 뜨거운 분노가 폭발했다.

"나 보고 어쩌라고요? 내가 우리 집 망하게 한 거 아니잖아요! 엄마까지 집 나가고! 나도 미치겠다고! 정말 미치겠어요!"

준표는 주먹으로 있는 힘껏 문짝을 쳤다. 문짝이 찌그러지고 손등에서 피가 흘렀다.

아빠는 비틀비틀 걸어와 문을 활짝 열고 준표에게 주먹을 휘둘렀다.

"이 건방진 새끼가!"

준표는 아빠의 팔목을 잡았다.

"왜? 때리려고요?"

"이 자식 봐라."

아빠는 다시 왼손을 들어 올렸다. 아빠의 두 팔목을 잡은 준표는 힘을 주어 버렸다.

술 취한 아빠는 휘청거리다가 연체동물처럼 무너지더니 나뒹굴었다.

"아이고, 이놈이 사람을."

준표는 이제껏 참고 있던 가슴속 안간힘이 끊어져 나가는 것을 느꼈다.

"다 필요 없어!"

그러고는 방으로 달려 들어가 책상 위에 있던 수학 문제집과 책들을 한 방에 쓸어 버렸다. 온 방 안이 난장판이 되었다.

눈에 띄는 대로 옷가지 몇 벌을 넣어 가방을 싸고 핸드폰 충전기를 챙겼다. 그리고 마지막으로 책상 서랍에 숨겨

놨던 5만 원짜리 두 장을 꺼내서 지갑에 넣고 집을 나섰다.

아빠는 만취한 채로 동네가 떠나가라 고래고래 소리를 질렀다.

"끝이야! 이걸로 끝났어, 내 인생은!"

길까지 들리는 아빠의 고함 소리를 뒤로하고 준표는 시외버스 터미널 쪽으로 빠르게 걸음을 옮겼다.

가출 첫날

"야! 너, 왜 여기서 자는 거냐?"

낯선 목소리에 준표는 눈을 번쩍 떴다. 건물 주변을 비질하던 관리인이 건물과 건물 틈새에 누워 자는 준표를 깨운 거였다.

"빨리 일어나라."

"으으으!"

바닥에 깔아 놓은 박스가 아직도 준표의 온기를 간직하고 있었다.

어디에서 자고 있었는지 잠시 몽롱한 상태였던 준표는 구겨지듯 구부러졌던 몸을 폈다. 그리고 기지개를 켜면서 찌뿌드드한 몸으로 건물과 건물 사이에서 나왔다.

인도로 나와 좌우로 고개를 돌려보니 저만치에 시외버스 터미널이 보였다. 그러자 자기가 어디에 있는지 기억이 났다.

무작정 집을 나온 준표는 시외버스 터미널로 달려가 인천행 마지막 버스를 탔다. 일요일 마지막 차라 그런지 인천으로 가는 사람들이 버스 안에 가득했다. 준표는 마지막 남은 맨 뒷자리에 앉아 눈물을 흘렸다. 이제 녹산시는 다시 돌아올 일이 없는 곳이었다. 엄마에게 가고픈 생각뿐이었지만 엄마가 반겨 줄 리 없었다. 전화를 걸까, 문자를 보낼까 고민했지만 둘 다 안 하기로 했다. 분명히 오지 말라고 할 거니까.

이제 막 출발한 버스에서 내리기도 애매했다.

'에이, 일단 가 보는 거야.'

준표는 흔들리는 버스 안에서 자신의 인생이 어떻게 펼쳐질지 생각해 보았다. 막막하기만 했다. 이대로 학교를 잘리면 뭘 해야 하나 싶었다.

'짜장면 배달을 해야 할까, 막노동을 해야 할까.'

그러는 동안 인천 시외버스 터미널에 도착했다. 준표는 엄마가 있다는 그곳에 갈 용기가 나지 않았다.

마땅히 갈 곳을 찾지 못한 준표는 난생처음으로 건물과

건물 사이에 있는 틈을 찾아 잠을 청했다. 여관비로 쓰기에는 가진 돈이 너무 적었기 때문이다.

좌우를 둘러보니 학교 가는 애들이 여기저기에서 새벽안개를 헤치고 바쁘게 움직였다.

'지난주까지만 해도 나도 저렇게 교복 입고 학교 갔었는데……'

배에서 꼬르륵 소리가 났다. 준표는 편의점에 들어가 우유와 빵 하나를 사 가지고 나오며 전화기를 켰다. 밤새 문자가 한 통 와 있었다.

정식이였다.

> 준표야 미안하다
> 하지만 우리 포기하지 말자
> 포기는 배추 셀 때 쓰는 말이잖아
> 내가 좀 더 계산을 잘해 볼게. 다시 한번 도전하자
> 그동안 헛수고하게 해서 미안해
> 하지만
> 나는 욕해도 수학은 욕하지 말아 줘
>
> 오후 11:21

"칫!"

다시는 수학 얘기 꺼내고 싶지 않은 준표였다.

아빠의 문자는 없었다. 엄마도 없었다.

'그래, 나는 버림받은 자식이니까.'

준표는 편의점 벤치에 앉아 빵을 우걱우걱 씹으며 눈물을 흘렸다.

"난 이제 어디에도 속하지 않은 떠돌이 인생이네."

다 못 잔 잠을 채우려고 가까운 공원을 찾아 터덜터덜 걸었다. 저만치에 체육공원이 보였다. 노숙자들이 여기저기 웅크리고 있는 곳이었다.

순간 눈물이 왈칵 솟았다.

'중학생 나이에 노숙자가 되다니. 대단한 인생이네!'

세상이 원망스럽고 속이 상해서, 가슴이 찢어지는 것 같았다.

학생들이 더 이상 보이지 않았다. 등교 시간이 지난 거였다. 그때 담임선생님에게서 전화가 왔다. 받지 않았다. 가슴이 벌렁벌렁했다.

조금 뒤, 정식이한테서 문자가 왔다.

> 왜 학교 안 오냐?
> 집에 전화해도 안 받고
> 무슨 일 있어?
>
> 오전 9:41

다 귀찮았다. 전화기를 진동으로 해 놓고 배낭에 넣었다. 그리고 벤치에 웅크리고 앉아 귀를 막았다. 이 세상 모든 소음으로부터 자신을 보호하고 싶었다. 견디기 힘들었다. 세상은 자기가 없는데도 잘만 돌아가고 있는 것 같았다.

절 아래에 있는 진흙밭을 걷는데 발이 푹푹 빠졌다. 준표는 빠진 발을 힘겹게 빼내며 앞으로 나아갔다. 금동 불상은 정확하게 정식이가 계산한 곳에 숨어 있었다. 자갈밭에 모습을 드러낸 금동 불상은 마치 샛별처럼 빛났다. 자갈을 들어 올리자 마침내 아담한 불상이 드러났다.

"만세!"

가늠할 수 없는 환희와 희열이 온몸을 감쌌다. 이거면 모든 문제가 해결될 것이었다. 아빠의 빚과 엄마의 고생도 모두 끝이었다.

준표는 하늘을 올려다보며 절규했다.

"정식아! 고마워!"

핸드폰 진동 소리에 눈을 떠 보니 12시가 다 된 시간이었다. 엄마에게서 전화가 왔다. 엄마 전화는 받아야 할 것 같았다.

"여보세요."

"너, 어디야? 어디로 간 거야? 너희 아빠가 너 사라졌다고 전화했어."

대답할 수 없었다.

"……."

"빨리 말 안 해? 너까지 속 썩일 거야?"

'인천.'

하지만 입이 떨어지지 않았다.

"너 혹시 인천에 온 거야?"

"응……."

엄마가 가슴을 팡팡 치는 소리가 폰 너머로 들렸다.

"내가 정말! 지난밤에는 어디서 잤어?"

준표는 차마 건물들 틈에서 잤다는 말을 할 수 없었다.

"지금 어디냐고! 당장 말하지 못해?"

"버스 터미널 근처에 있는 체육공원."

"알았어. 거기서 꼼짝 말고 기다려!"

보나 마나 욕을 바가지로 먹을 것이었지만, 엄마가 온다는 사실만으로도 준표는 적이 안심이 되었다.

방촌고시원 212호

　준표를 찾아온 엄마는 집을 떠날 때의 모습과는 달리 비쩍 말라 있었다. 갑자기 울컥하는 준표였다.

　엄청 욕먹을 줄 알고 잔뜩 겁을 먹었는데, 엄마는 말이 없었다. 공원으로 오는 동안 화가 삭았는지, 오죽했으면 가출했을까 이해하는 표정이었다.

　"아침밥은 먹었어?"

　준표는 고개를 저었다.

　"밥 먹으러 가자."

　도살장에 끌려가는 소처럼 엄마 뒤를 따라 걸었다.

　엄마는 한참을 걸어 길가에 있는 국밥집으로 성큼 들어갔다. 기사 식당인지 길가에 택시들이 서 있었다. 식당 안에는 택시 기사 유니폼을 입은 아저씨들이 여기저기 혼자 씩 떨어져 앉아 밥을 먹고 있었다. 준표는 갑자기 허기가 밀려와 쓰러질 것만 같았다.

"여기, 따끈한 해장국 하나랑 수육 하나 주세요."

엄마가 주문하자마자 기다렸다는 듯 음식이 나왔다. 준표는 따끈한 국물에 허겁지겁 밥을 말아 입에 넣었다. 밤새 웅크리고 잔 몸이 펴지는 느낌이었다.

엄마는 고기 몇 점을 그릇에 놔 주었다.

"수육도 먹어. 체하지 않게 천천히."

준표는 엄마의 불호령이 언제 떨어질까 두려우면서도 땀을 뻘뻘 흘리며 해장국 한 그릇과 수육 한 접시를 마파람에 게 눈 감추듯 먹었다. 배가 든든해지자 온몸이 느른해졌다.

그릇이 빈 걸 확인한 엄마는 말없이 일어나 계산하고, 식당을 나갔다. 준표도 황급히 일어나 엄마 뒤를 따랐다.

허름한 골목으로 접어들어 어느 건물로 들어서는데, 건물 입구에 '방촌고시원'라는 간판이 걸려 있었다. 엄마가 사는 곳인 모양이었다. 준표는 영화에서 본 고시원의 범죄 장면이 떠올랐다. 엄마가 이렇게 불안한 곳에 살아야만 하는 현실이 갑자기 훅 다가왔다.

엄마는 계단을 올라 212호 문을 열었다. 준표는 그렇게 작은 방은 본 적이 없었다. 침대 하나가 벽에 붙어 있고, 머리맡에는 조금 작은 책상이 있었다. 벽 위쪽에는 환풍기 하나가 돌아가는데 좁은 벽에 박아 놓은 선반이 위태로워 보였다. 선반에 놓인 손바닥만 한 텔레비전 옆으로 엄마의 화장품이 몇 개 보였다.

엄마는 정말 괴로운 표정으로, 눈꺼풀이 내려앉는 준표에게 말했다.

"왜 이렇게 엄마 속상하게 해. 이따 엄마 돌아올 때까지 여기서 눈 좀 붙여."

엄마가 나간 뒤 다시 고시원 방을 둘러보면서 준표는 또 울컥했다. 친숙한 향기가 반가운 동시에, 이런 곳에서 엄마가 살고 있었다는 걸 생각하니 못 볼 것을 본 것 같은 느낌이었다.

방을 나갔던 엄마가 고개만 들이밀고 2만 원을 주었다.

"배고프면 근처 편의점 가서 뭐 사 먹어."

준표는 비좁은 고시원 212호 어느 공간에 자신의 몸을 둬야 할지 몰라 죄 지은 사람처럼 엉거주춤 서 있었다. 황급히 준표를 데리러 나가느라 그랬는지 헤어드라이어가 전기 콘센트에 꽂혀 있었다. 준표는 코드를 뽑아 잘 치워 놓고 코딱지만 한 방에서 엄마가 어질러 놓은 것들을 정리했다. 마지막으로, 휙 하고 팔 한 번 휘두르면 끝에서 끝인 바닥을 물티슈로 닦았다. 그게 엄마를 위해 준표가 할 수 있는 최선이었다.

땀방울인지 눈물인지 모를 것이 흘러 내렸다. 술이나 마시고 고주망태가 되어 있을 아빠를 생각하니 분노가 치밀었다. 누군가에게라도 그 분노를 털어 내고 싶은 심정이었다. 막막한 현실에 숨이 막히는 듯했다.

준표는 자신도 모르게 손목이 부러져라 주먹으로 벽을 쳤다.

하지만 합판인 벽에서는 쿵 소리가 날 뿐이었다.

옆방 여자가 소리를 질렀다.

"누구야! 조용히 좀 합시다!"

순간 준표는 움츠러들었다.

'이곳은 집이 아니다. 벽도 벽이 아니다. 창문도 창문이 아니다. 모든 것이 가짜고, 임시이며, 약식인 고시원이다.'

준표는 엄마 침대에 소리 없이 걸터앉았다. 왜 이모와 함께 살지 않는지 궁금했지만, 아무리 자매라도 남의 집에서 살려면 눈치가 보였을 거라는 생각이 들었다.

침대에 누웠지만, 잠은 오지 않았다. 변의를 느낀 준표는 문을 열고 복도를 내다보았다. 사람 하나 간신히 지나갈 만한 작은 복도 끝에 공용 화장실이라고 쓰여 있었다. 오른쪽은 남자용, 왼쪽은 여자용이었다. 복도 여기저기에는 배달 음식 빈 그릇들이 너저분하게 널려 있었다. 준표는 화장실에 사람이 없는지 확인한 뒤 용변을 보고 다시 방으로 돌아왔다.

　방에 돌아와 냉장고를 열어 보니 신 김치와 생수가 들어 있었다. 준표는 생수 한 병을 꺼내 마신 뒤 침대에 몸을 눕혔다. 고시원 212호에서 단 하나 좋은 것은 엄마의 냄새가 난다는 것이었다. 준표는 이내 까무룩 잠이 들었다.

계단 청소

"준표야, 여기 봐라, 여기. 네 지문이 남았잖아. 깨끗이 닦아야지."

준표는 계단을 내려오다가 다시 올라가서 203호 문의 검은색 디지털 도어록에 묻은 지문을 닦았다.

"여기는 문도 닦고, 초인종 소독하고, 계단 난간에 저 문턱까지 다 닦기로 계약한 빌라야. 똑바로 해라."

이모부는 호되게 몰아세웠다. 준표는 걸레를 뒤집어 깨끗한 쪽으로 문을 한 번 닦고 다시 난간을 훑어 내려갔다. 눈물이 솟으려는 걸 애써 참았다. 이 모든 사달은 자신이 일을 해서 돈 벌겠다고 엄마에게 말했기 때문이다.

준표가 처음 인천으로 온 날 저녁에 엄마가 물었다.

"그래서 어떻게 살려고 집을 나온 거야?"

"도, 돈 벌려고."

어이가 없는지 엄마가 헛웃음을 지었다.

"네가 돈을 벌어? 중학생이?"

뾰족한 수가 없어 대답하진 못했지만 준표는 뭔가 할 일이 있을 거라는 생각이 들었다.

"참 나, 맨날 술 취해 있는 아빠한테 돌아가라고 할 수도 없고."

아빠에게서는 한 번도 연락이 없었다.

"학교는 어떻게 할 거야?"

"……."

준표는 순간 가슴이 덜컥했지만 할 말이 없었다. 학교를 생각했다면 여기까지 오지도 않았을 거였다.

그날 밤, 엄마는 한숨을 들이쉬고 내쉬다가 준표에게 침대를 내주며 침대 옆 좁은 바닥에 모로 누워 잠을 청했다.

준표는 그다음 날도 고시원에서 하릴없이 앉아서 폰을 들여다보거나 텔레비전 프로그램을 시청하며 자다가 깨는 일을 반복했다. 지쳤는지 눕기만 하면 잠이 들어 악몽을 꾸었다.

인천에 온 지 둘째 날인 화요일 저녁에 엄마가 물었다.

"너, 돈 벌겠다고 했지?"

"······."

"내일 새벽부터 일 나가. 이모부가 계단 청소하는 데 너 데리고 다닌대. 최저 임금 준다고 했어."

"······."

다음 날 새벽 4시에 엄마가 준표를 깨웠다.

"세수하고 내려가서 현관에서 기다리고 있으면, 이모부 오실 거야. 엄만 좀 더 자야 해."

준표는 졸린 눈을 비비고 일어나서 입이 찢어지도록 하품을 여러 번 했다. 공용 욕실에 가서 눈곱을 떼고 고양이 세수를 한 뒤, 계단을 내려갔다. 계단 청소라는 게 뭔지 알 수가 없었다. 매몰찬 엄마가 섭섭했지만, 그 생각을 붙잡고 있을 겨를이 없었다.

잠시 후 어둠을 뚫고 낡은 승합차 한 대가 와서 서더니 운전석에서 이모부가 얼굴을 내밀었다.

"준표야!"

"안녕하세요?"

"그래, 이모부는 이런 일 해서 돈 번다. 어서 타라."

낡고 찌그러진 회색 승합차에는 '빌라 청소', '건물 청소' 라고 쓰여 있었다.

"이렇게 매일 새벽부터 뛰어야 된다. 오늘은 남동구 돌아야 돼.”

원래 다니던 곳인지 이모부는 익숙하게 일거리를 맡은 빌라를 찾아갔다. 차들이 양옆으로 주차한 골목길을 절묘하게 빠져나가 차를 댈 만한 빈 곳에 대고는 후다닥 뛰어내렸다.

“뛰어!”

준표는 걸레가 든 양동이를 들고 뒤따랐다. 이모부가 들어간 곳은 삼익빌라였다. 정신없이 이모부를 따라 4층까지 단숨에 내달렸다. 5층은 주인이 사는지 계단에 방범용 철파이프로 막혀 있었다.

“자, 이모부는 계단을 대걸레질하면서 내려갈 테니까, 너는 걸레로 난간 하고 계단에 있는 홈 다 닦아.”

“네.”

준표는 고무장갑을 끼고, 왼손으로는 계단 홈을 닦고 오른손으로는 난간을 닦으면서 내려왔다.

기계처럼 능숙하게 계단을 닦던 이모부가 힐끗 보더니 걸레질을 멈추었다.

“야야, 누가 걸레질을 그렇게 하냐? 구석구석 꼼꼼하게 닦아. 난간용 걸레는 소독약 적셔 놓았으니 병균이 살아남지 않게 더 신경 쓰고!”

“네.”

이모부는 숙달된 솜씨로 한 칸 한 칸 대걸레질하면서 1층까지 내려갔다. 팔이 뻐근하도록 걸레질하며 따라 내려온 준표에게 이모부는 또 다른 임무를 주었다.

"이제는 5층까지 올라가면서 난간에 시아게 걸레질해."

"시아게가 뭐예요?"

"마무리! 새 걸레로 마무리하면서 올라갔다 내려와. 나는 건물 주변 청소할 테니까."

"내려오면서 다 닦았는데 또 닦아요?"

"난간은 사람이 만지는 곳이라 여러 번 닦아야 해."

졸지에 4층까지 오르락내리락 두 번을 하게 되었다. 심장 박동 수가 격하게 올라갔다. 조금 쉬려고 했는데, 내려와 보니 이모부는 벌써 승합차 트렁크에 대걸레와 양동이를 싣고 차에 막 시동을 걸고 있었다.

"빨리 뛰어!"

준표는 허둥지둥 달려가서 조수석에 앉았다. 그 뒤로 두어 건물을 더 하자 해가 뜨기 시작했다.

"무슨 생각 하는 거야? 서둘러야 해! 건물주들은 대개 부지런해. 조금이라도 늦으면 전화 온다고."

청소는 건물마다 달랐다. 외부만 청소하는 곳도 있고 옥상까지 청소하는 곳도 있었다. 오전 10시가 되자 일이 끝

낳다.

이모부는 준표를 고시원 앞에 내려 주며 말했다.

"자, 오늘 여섯 시간 일한 값이다."

5만 원짜리 하나, 만 원짜리 하나를 손에 쥐어 주고 이모부는 차를 몰고 사라졌다. 오후부터는 김밥집에 붙어서 저녁때까지 일하고, 밤에는 대리운전을 뛴다고 했다.

준표는 파김치가 된 몸으로 침대에 엎어져서 곯아떨어졌다.

다시 녹산으로

"오늘 청소할 곳은 100층짜리 건물이야."

"100층짜리요?"

"왜? 큰돈 벌 수 있어."

한숨부터 나왔다.

이모부는 신이 났는지 준표는 아랑곳하지 않고 말을 이었다.

"내가 이 건물 계단 청소 따내려고 몇 년 동안 여기 와서 얼마나 살살거렸다고. 드디어 오늘부터 청소를 시작하게 됐지! 자, 나는 엘리베이터로 올라갔다 내려올 테니까 넌 1층에서 닦으면서 올라와. 50층에서 만나자."

"이모부! 이건……."

이모부는 준표를 남기고 사라졌다. 한숨이 나왔다. 하지만 어쩔 수 없었다. 준표는 이미 이모부에게 고용된 신세였다. 건물 비상계단에 들어서는 순간, 준표는 아득한 위를 올려다보았다.

꼭대기 층에서 이모부가 외치는 소리가 메아리처럼 울리면서 내려왔다.

"준표야! 50층에서 만나는 거야! 파이팅!"

준표는 번들번들한 계단 난간과 홈을 닦으며 위로 올라갔다. 2층, 3층, 4층……. 팔이 뻐근하고, 움직이질 않았다. 그런데 아무리 닦아도 계단에 붙어 있는 숫자가 올라가지 않았다.

"이모부! 이모부! 숫자가 안 올라가요! 아까 3층이었는데, 지금도 3층이에요!"

"준표야! 준표야! 괜찮아?"

엄마의 목소리였다.

눈을 번쩍 떴다.

"엄마!"

악몽이었다. 온몸에 식은땀이 흐르고 있었다.

"이를 어째."

청소 일 겨우 이틀 하고는 저녁부터 온몸이 으슬으슬하며 열이 나고 근육통에 시달리다가 결국 악몽까지 꾼 거였다.

머리 위에는 찬물 적신 수건이 쌓여 있었다.

엄마는 출근도 못 하고 어쩔 줄 몰라 했다.

"안 하던 일을 하니 몸살 난 거야."

"괘, 괜찮아."

"괜찮긴. 몸에서 열이 후끈후끈 나는데. 일어나! 병원 가자!"

엄마의 부축을 받아 자리에서 일어났는데, 사방 벽이 빙빙 돌면서 어지럽고 힘이 하나도 없었다. 준표를 부축해 고시원 밖으로 나간 엄마는 지나가는 택시를 불러 세워 가까운 병원 응급실로 가자고 했다.

응급실 의사가 준표의 몸을 여기저기 만졌다.

"온몸에 열나는 거 보니 몸살이네요. 학생이 공부를 너무 열심히 했나 봅니다. 수액 맞고 집에 가서 쉬면 괜찮아질 겁니다. 약 처방해 드릴게요."

준표는 응급실에서 링거를 맞았다. 수액이 방울방울 들어가면서 서서히 몸이 안정되는 느낌이었다. 옆에 앉아 있던 엄마가 근심스러운 얼굴로 준표를 바라보았다.

준표는 미안한 마음이 들었다.

"엄마, 치킨집 가야 되잖아."

"오후에 간다고 전화했어."

"미안해요."

엄마는 울컥하는 감정을 추스르려 애를 썼다.

"준표야, 엄마도 어떻게든 살아 보려고 애쓰고 있어. 근데 너희 아빠 저대로는 안 돼."

"그래서 집 나온 거야? 정말 이혼할 거예요?"

"이혼은 안 하려고 하는데, 아빠가 정신 차리지 않으면 힘들어."

"이혼하지 마. 내가 돈 벌어서 엄마 다 줄게요."

"돈 때문이 아니야. 사람이 돈이 있고 없고는 중요한 게 아니야. 의지가 있어야 해. 계획대로 안 되면 새로운 계획을 짜면 되는 거거든. 그런데 너희 아빠는 학원 망했다고 맨날 술 마시면서 좌절만 하고 있잖니? 아빠가 정신 차리기 전까지는 엄마도 도와줄 길이 없어."

"내가 아빠 설득해 볼게요. 정신 차리고 엄마 돌아오게 하자고."

엄마는 말이 없었다. 준표는 아빠만 가지고 해결될 문제가 아님을 깨달았다. 자기가 뭘 잘못했는지 분명해졌다.

"나 학교도 다시 갈게, 엄마. 퇴학당했을지도 모르지만 일단 학교에 가서 다시 다니게 해 달라고 빌어 볼게."

엄청 야단칠 줄 알았던 엄마는 표정을 누그러뜨리고 준표를 쓰다듬었다.

"미안하다, 준표야. 네가 일해서 돈 번다고 하길래 돈 버는 게 얼마나 힘든지 한번 경험해 보라고 이모부한테 너를 힘들게 해 달라고 보냈던 거야. 그런데 이렇게 아프게나 하고. 에미가 못된 짓을 했다. 용서해 주라."

감정이 격해졌는지 엄마가 눈물을 흘렸다.

"아니야, 엄마. 돈 버는 게 얼마나 힘든 일인지 알았어. 선생님들이나 어른들이 지금은 돈 벌 때가 아니라고 충고할 때 그냥 흘려들었어. 그런데 엄마가 고시원에서 사는 거 보고 내가 이러면 안 될 것 같다는 생각을 첫날부터 했어. 다시 가서 열심히 공부할게."

"아니야, 준표야. 엄마는 공부 열심히 하는 걸 바라는 게 아니라, 긍정적이고 성실한 사람이 되기를 바라. 비록 지금은 힘들지만……."

"알았어, 엄마. 그렇게 할게. 그러니까 꼭 돌아온다고 약속해 줘. 안 그러면 이번에는 인천이 아니라 딴 데로 가서 연락 끊을 거야."

"두 번 다시 가출은 안 돼. 엄마가 빠른 시일 안에 돌아가도록 노력할게."

모자는 응급실에서 소리 없이 눈물을 흘렸다.

엄마와 대화가 되자 준표는 마음이 놓이면서 긴장이 풀렸다. 졸음이 밀려와서 스르르 감기는 눈을 주체하지 못하고 잠이 들었다.

한 시간쯤 잤을까?

눈을 뜬 준표에게 엄마가 물었다.

"잘 잤어? 걸을 만해?"

자고 일어나니 한결 개운해진 준표였다.

"응, 엄마."

"이제 가자."

엄마는 준표를 부축해 고시원으로 돌아왔다.

"사실 학교에 이미 말해 놨어."

"뭐라고?"

"월요일에 바로 담임선생님한테 전화했어. 체험 학습으로 처리해 주신대. 기한이 일주일이라니까 다음 주 월요일부터 학교 가면 돼. 친구들한테 연락 없었지?"

사실이었다. 정식이를 비롯한 친구들이 아무도 문자를 보내오지 않았다. 자신이 친구들에게 이렇게나 존재감 없는 사람이었나 싶은 자괴감이 엄습했다.

"담임선생님이 너 외로워 봐야 한다고 친구들한테 일절 문자 보내지 말라고 하셨어. 이제 내려가게 됐다고 문자 보내도 돼."

"정말?"

"응, 이제 답장 올 거야."

순간 애들이 그리워지는 준표였다.

"엄마, 고마워요."

"죽 사 났으니까 데워 먹어. 엄마, 오후부터는 일해야
돼."

"미안해요."

"괜찮아."

엄마가 나가자마자 준표는 친구들에게 문자를 보내기
시작했다.

부모를 기쁘게 하는 방법

인천 시외버스 터미널에 도착하자 엄마가 고시원에서부터 들고 온 큰 비닐 쇼핑백을 건네주었다.

"밑반찬하고, 아빠랑 네 속옷이야."

역시 엄마는 엄마였다.

준표는 말없이 쇼핑백을 받고, 지난밤 봉투에 담아 둔 12만 원을 엄마에게 건넸다.

"이거."

"뭔데?"

"이모부가 주신 일당."

"네가 일한 거니까 네가 써야지."

내민 손이 민망했다.

"자기가 번 돈 제대로 쓸 줄 알아야 어른이 되는 거야. 이번에 어른 연습한 거라고 생각해."

"그래도 엄마 주고 싶어."

"학생으로서 본분을 다하는 게 엄마 위하는 거야. 나중에 돈 벌면 그때 큰돈으로 줘!"

"네."

12만 원을 다시 주머니에 넣자, 엄마는 봉투 하나를 따로 주었다.

"이거 가지고 가서 아빠랑 살고 있어. 네 아빠한테 어제 전화 왔어. 정신 차리겠다고 하더라. 너 때문에 놀랐나 봐. 다른 학원에서 강의하기로 했대. 가서 술 마시지 못하게 잘 막아."

약간 서광이 비쳤다.

준표가 밝은 목소리로 물었다.

"정말? 알았어요. 그런데 아빠가 정말 그랬어요?"

"응! 우리 학원, 아니 우리 집 옆에 있는 학원이라던데."

"페르마학원이에요."

축 처져 있던 준표의 어깨가 조금은 올라갔다.

잠시 후 준표는 녹산 가는 고속버스에 올라 버스가 터미널을 빠져나갈 때까지 창밖을 보며 엄마에게 손을 흔들었다. 엄마도 눈물을 참으면서 손 흔드는 것이 보였다. 준표는 망막 세포에 엄마를 새길 기세로, 엄마가 안 보일 때까지 고개를 돌려 바라봤다.

토요일인 어제, 엄마와 준표는 하루 종일 월미도에서 바닷바람을 맞으며 놀았다. 엄마와 함께 그런 시간을 보낸 것이 언제인지 까마득했다. 준표에게 바다 구경이라도 하고 가라고 했지만, 사실 엄마에게도 휴식이 필요한 것 같았다.

"오늘은 딴생각하지 말고 신나게 놀자. 맛있는 거 먹고."

"응, 엄마."

놀이공원에서 놀고 회를 먹으며 이런저런 이야기를 나누는 동안 준표는 엄마의 마음속을 들여다보게 되었다. 엄마는 삶에 낙이 없고, 고단하기만 했다. 엄마를 기쁘게 해 줄 뭔가가 필요했다.

"엄마, 나 수학 100점 맞았어."

엄마는 소스라칠 듯 놀랐다.

"뭐? 어떻게? 아빠한테 배웠어? 아니, 너 수포자였잖아?"

"친구가 가르쳐 줬어."

"친구 누구?"

"정식이 있잖아. 수학 천재."

준표는 엄마에게 그동안 정식이에게 배운 이야기를 해

주었다.

"정식이가 기초부터 다시 수학 문제를 풀라고 해서, 초등학교 문제 다 풀고 중학교 문제 풀었더니 100점 맞았어."

"오 마이 갓! 우리 아들 정말이야?"

준표는 폰에서 사진 찍어 놓은 수학 시험지를 찾아 엄마에게 보여 주었다.

"이거 봐. 100점 맞은 시험지."

엄마는 지옥에서 부처님이라도 만난 것처럼 눈물을 글썽였다.

"우리 아들이 이렇게 꾸준하고 성실한 면이 있는 걸 엄마가 몰랐네."

어찌나 좋아하는지 준표가 조금만 어렸어도 사람들이 보든 말든 끌어안고 뽀뽀라도 할 태세였다.

흔들리는 버스 안에서 엄마의 샴푸 향이 났다. 준표는 부모를 기쁘게 하는 것은 돈 버는 게 아니라 성실하게 노력하는 모습이라는 것을 뼈저리게 깨달았다.

'지이잉.'

정식이 문자였다.

오고 있나? _{오후 4:38}

나 터미널에서 기다릴 거야

좋은 소식이 있거든

오후 4:38

가고 있다

오후 4:38

너희 아빠도 널 기다리심

오늘 아침에 만났는데

너 마중 나간다고 하시더라

나도 나간다고 했어

세인이도 갈 거임

오후 4:38

내가 무슨 개선장군도 아니고

오후 4:38

이따 봐

오후 4:38

　말은 그렇게 했지만 기분은 더없이 좋았다. 자신을 기다리는 친구가 있다는 건 늘 뿌듯한 법이니까. 고속버스가 빠른 속도로 흐린 하늘을 배경으로 달려가는 동안 준표는 잠시 눈을 붙였다. 끔찍한 100층 건물 청소의 꿈은 다시는 꾸고 싶지 않았다. 중간에 한 번 고속도로 휴게소에서 화장실을 다녀온 뒤, 준표는 다시 잠이 들었다. 일주일 동안의 긴장이 풀려 몸을 노곤하게 했던 것이다.

친구들

버스가 녹산시에 들어서자 준표 눈이 자동으로 떠졌다.
창밖을 보니 비가 내리고 있었다.

처음 녹산시로 이사 올 때 내린 폭우가 떠올랐다.

준표는 우울했다.

'왜 여기는 내가 올 때마다 비가 내리는 걸까?'

버스는 어느새 터미널로 진입하고 있었다. 창밖으로 투
명 우산 쓰고 서 있는 정식이가 보였다.

'웬 투명 우산?'

정식이가 준표를 발견하고 곰돌이 푸처럼 경중경중 뛰
며 손을 흔들었다.

"준표야! 준표야!"

마지못해 준표도 손을 흔들어 주었다. 아빠는 비가 들이치지 않는 터미널 벤치에 앉아 버스를 쳐다보고 있었다. 그동안 많이 여윈 것 같았다.

에어 빼는 소리와 함께 버스 문이 열리자 정식이가 달려왔다.

"준표야!"

준표가 버스에서 내리자마자 정식이는 준표가 들고 있는 쇼핑백을 뺏어 들었다.

"어, 이거 뭐야? 너희 엄마가 해 주신 거구나. 내가 들어줄게."

무뚝뚝한 녀석이 살갑게 말하는 것이 조금 어색했지만, 기분이 나쁘지는 않았다.

표정이 환해진 정식이가 조금 낯설었다.

"너, 왜 이렇게 친절하냐?"

"오랜만에 만났으니까 그렇지. 좋은 소식도 있고."

"좋은 소식, 뭐?"

"학교에서 너 결석 처리 안 한대."

"나도 알거든."

"내가 선생님한테 너 엄마 만나러 간 거니까 체험 학습으로 해 달라고 얼마나 졸랐는데."

"뻥까시네. 우리 엄마가 전화하신 거거든."

"내가 먼저 너네 엄마한테 말씀드려서 학교에 전화하신 거야. 너, 나한테 고마워해야 돼. 나 아니면 잘릴 뻔했다고."

"우리 엄마 전화번호는 어떻게?"

"샘에게 물어봤지."

할 말이 없었다.

둘의 대화를 지켜보던 아빠가 다가왔다.

"왔냐?"

술 냄새 나지 않는 아빠가 조금 낯설었다.

"아빠, 학원 나가시기로 했다면서요?"

"페르마학원이 우리 집을 분원으로 쓰고 싶다고 그래서. 나보고 분원 원장으로 일해 보라고 하더라."

"정말이에요?"

"우리 강의실 빌려 주고 거기서 내가 가르치는 걸로 얘기가 되고 있어."

그 정도 수입으로는 생활이 어려울 게 뻔했지만, 준표는 아빠가 뭐라도 한다는 것이 다행이라는 생각이 들었다.

"잘됐네요!"

터미널을 나오는데 빨간 우산을 쓴 세인이가 뒤늦게 달려왔다.

"벌써 왔네? 늦어서 미안."

아빠는 놀라는 눈치였다. 세인이까지 올 줄은 모르고

있던 것 같았다.

"그새 녹산에서 친구들 많이 사귀었구나."

왠지 쑥스러워진 준표는 정식이에게서 쇼핑백을 돌려받아 들어 올렸다.

"이거 엄마가 준 거예요. 속옷하고 반찬이래요."

"쓸데없는 거 보냈구나."

아빠 표정이 누그러졌다.

'좋으면서……'

"친구들과 같이 저녁 먹고 가자. 피자 어때?"

정식이와 세인이가 좋아서 비실비실 웃었다.

마지막으로 한 번만 더!

녹산시로 돌아온 지 며칠 지난 토요일이었다.

준표와 정식이, 세인이는 다시 녹산천으로 갔다. 세 아이 머릿속에는 저마다 다른 뜻이 있었다.

세인이는 모처럼 셋이 모인 것이 즐거워 소풍 나오듯이 두 아이를 따라왔다.

"오랜만에 나오니까 좋네."

"정식이, 너 진짜 이번이 마지막이야."

"이번에는 틀림없다니까."

금요일 오후, 정식이와 함께 학교에서 집으로 가는 길이었다.

"준표야, 내일 한 번만 더 가 보자."

"어딜?"

어디인지 너무나 잘 알지만 모른 척하는 준표였다.

"절 아래 녹산천에."

"거길 또 왜?"

"내가 공식을 새로 수정했어. 싹 다 갈아엎어서 다시 얻은 공식은 좀 놀라워. 이번에는 분명히 찾을 수 있을 거야. 나는 포기하기 싫다고!"

과묵하던 녀석이 그새 달변가가 되어 있었다.

"유명한 수학자들도 풀지 못한 공식을 네가 완성시킨다는 거야?"

"수학은 누구에게나 공평해. 내가 풀지 말라는 법이 없다고. 라마누잔을 봐. 인도에서 살았지만 영국 사람들이 놀랄 정도로 수학 문제를 풀어내고 공식을 만들었잖아."

"글쎄, 그건 알겠는데 우리는 이미 여러 번 해 봤잖아. 다른 누군가가 찾겠지."

"못 찾아. 찾을 수 없다니까. 공식을 통해서만 찾을 수 있다고. 한 번만 같이 가 보자. 너, 돈 필요하잖아. 너희 엄마 고생하신다며?"

"아, 진짜. 로또보다 어려운 걸 어떻게 찾겠다는 거야?"

"현상금도 4억으로 올랐어. 지금 엄청나게 많은 사람들이 찾으러 다니고 있다고."

'죽은 사람 소원도 들어준다는데 산 사람 소원 못 들어주겠냐.'

준표는 정식이에게 다짐을 받았다.

"그래, 좋아. 근데 마지막으로 한 번만 더 하고 다시는 안 할 거야. 나는 기대하지는 않아. 그냥 바람 쐴 겸 가 보는 거지."

"알았어, 내일이 마지막이야."

정식이는 어떻게든 금동 불상을 찾아서 자신이 수학 공식으로 해결했다는 것을 증명해 보이고 싶었다. 온 세상이 깜짝 놀랄 일을 해 보고 싶었던 것이다. 그리고 형편이 어려운 준표를 도와주고 싶었다. 물론 준표의 도움도 필요했다. 준표는 자신을 이해해 주는 유일한 친구이기 때문이었다.

정식이가 눈독을 들이는 곳은 절 아래, 강이 시작되는 계곡 입구였다.

"내가 계산을 잘못했어. 토사에 쓸려 내려왔으니, 그 물이 맑은 물은 아니었을 거란 말이지. 걸쭉하기 때문에 멀리 가지 않았을 거야."

세인이가 고개를 저었다.

"그러면 탐사대가 벌써 찾았겠지."

강 주변은 어느새 많이 정비되어 있었다. 토사들도 치워지고 바윗돌 등 지형지물이 다 바뀌어 있었다.

"공식에 수치를 넣으면 절에서 반경 200미터 안에 금동 불상이 있을 것으로 나와."

"몇 킬로미터 내려간 줄 알았는데, 그게 아니었어?"

정식이가 노트북을 켰다.

"계산을 다시 해 보면 말이지……."

아무리 설명을 들어 봐야 알 수 없을 것 같아 준표가 황급히 손을 내저었다.

"알았어, 절 반경 범위에서 찾아보자고."

아이들은 절 가까이에서 계곡을 뒤졌다. 하지만 지형지물이 바뀐 곳에서 아무리 공식에 수치를 넣어도 정확한 위치를 알아낼 수 없었다.

어느새 점심시간이 되어 세 아이는 나무 그늘에 앉아 김밥헤븐에서 사 온 김밥을 나눠 먹었다.

준표가 이만하면 되지 않았냐는 눈빛으로 정식이를 보았다.

"집에 가서 밥해야 해. 아빠가 오늘도 애들 가르치거든."

세인이가 물었다.

"너, 밥할 줄도 알아?"

"그럼, 나 밥 좀 해."

세인이가 준표를 놀렸다.

"인천 갔다 오더니 철 많이 들었네?"

준표는 아빠가 다시 학원 일을 하면서 정신을 차린 것이 다행이라는 생각이 들었다. 자신도 학교를 다니는 것만이 유일한 해결책임을 깨달았다. 엄마를 만나고, 이모부 따라 막노동했던 것이 약이 된 셈이었다.

준표가 세인이를 노려보자 세인이는 딴청을 피웠다.

"아, 김밥만 먹으니 목이 멘다. 매점에 가서 음료수 좀 사 올게. 어제 나 용돈 좀 받았거든."

아이보리색 바지를 입은 세인이가 팔랑팔랑 뛰어 음료수를 사러 갔다.

수학은 나의 힘

세인이가 시야에서 사라지자, 정식이가 개천을 내려다 보며 말했다.

"내가 왜 이렇게 금동 불상을 열심히 찾는지 알아?"

"아니."

"수학 문제에 매달리고 공식에 집중하는 게 쉽지는 않아. 하지만 이게 나를 지탱하게 해 줘. 언젠간 풀고 말겠다는 숙제. 이건 마치 사업하는 사람들이 언젠간 돈 벌겠다는 것하고 같은 거고, 꿈이 있는 사람들이 언젠가 꿈을 이루겠다는 것과 같은 거야. 수학이 내가 살아갈 수 있는 힘이 되는 거지."

준표는 차마 이제 그만하자는 말을 할 수 없었다.

"그래, 오늘 마지막으로 힘닿는 데까지 찾아보자."

"나도 더 이상은 고집부리지 않을게."

정식이는 오늘 묵은 과제를 꼭 풀고야 말겠다는 생각이었다.

세인이가 음료수를 들고 오며 한숨을 쉬었다.

"아, 사람들이 어찌나 많은지. 지금도 계속 차들이 올라오고 있어."

정식이가 이유를 말해 주었다.

"아까 현수막 보니 오늘 절에 무슨 행사가 있는 것 같더라."

준표가 세인이에게 손을 내밀었다.

"목마르다. 한 모금 마셔야겠어."

아이들은 세인이가 사 온 음료수를 마시고, 오후 3시까지 열심히 흙무더기와 바윗돌 부근을 돌아다녔다.

등산복 입은 아저씨가 개천으로 내려오면서 물었다.

"너희, 수석 채취하는 거냐?"

"아니요."

"그럼, 뭘 그렇게 찾는 거야?"

"그냥, 그런 거 있어요."

"그래?"

"아저씨는 왜 오셨어요?"

"큰물 들고 나면 숨어 있던 돌들이 올라오거든. 그 돌 중에 쓸 만한 게 있나 보는 중이야."

아저씨는 수석 수집가였다. 목적은 달랐지만 강바닥 여기저기 뒤지는 것은 아이들과 똑같았다. 다만, 아이들은 정식이가 만든 수학 공식으로 특정 지점을 콕 찍어서 찾는 것이고, 아저씨는 무작위로 강가 여기저기에 있는 돌들을 뒤집어 보는 거였다.

해가 뉘엿뉘엿 기우는 걸 보며 세인이가 말했다.

"이제 그만 가자."

정식이는 아쉬웠지만 접기로 했다.

"그래, 가자."

아이들은 노트북을 덮어 가방에 넣고 비탈을 올랐다. 맥은 빠졌지만 후회는 없었다. 답이 나오지 않는 공식은 가치가 없는 거였다.

말없이 터덜터덜 걸어 정류장 쪽으로 걸음을 옮기는데, 등 뒤에서 자동차 경적이 울렸다.

'빵빵!'

자동차를 피해 황급히 갓길로 비켜서며 보니, 녹산사 스님이 타고 다니는 사륜구동 차였다. 차 안에는 등산복 입은 여자가 누워서 고통을 호소하고 있었다. 등산화 신은 다리를 창밖으로 내놓고 뒷자리에 누운 걸 보니 다리가 부러진 것 같았다.

"저 아줌마 다쳤나 봐. 어떡해!"

"급하시겠다. 우리, 좀 더 길을 내 드리자."

아이들이 한 걸음 더 물러서자 사륜구동 차가 속도를 높였는데, 마침 웅덩이를 지나가며 흙탕물을 튕겼다.

"어머나!"

세인이가 팔짝 뛰었지만 이미 늦었다. 아이보리색 바지가 흙탕물 세례를 받은 것이다.

"어떡해?"

"스님한테 세탁비 달라고 할 수도 없잖아?"

"아, 짜증 나! 아까 개천에서도 얼마나 조심했는데."

"탐사 오면서 아이보리색 바지는 아니지."

손으로 흙을 털던 세인이가 고개를 저었다.

"아무래도 개천에서 물로 닦아야겠어."

준표가 제안했다.

"저 아래 주차장 화장실 가서 닦는 게 낫지 않을까?"

세인이가 발끈했다.

"이 꼴로 화장실까지 가라고? 사람들도 많은데?"

세인이가 비탈로 내려가는 걸 물끄러미 바라보던 준표가 입을 열었다.

"이번에 세상은 내 고민이랑 상관없이 돌아간다는 걸

알게 됐어."

"어떻게?"

"나는 멀리서 혼자 고생하는 엄마와 맨날 술에 취해 있는 아빠를 어떻게 해야 할까만 걱정했는데, 그것과 상관없이 세상은 잘 돌아가더라고."

"그래서?"

"나도 남의 눈치 안 보고 뭐든 해 보려고."

"그렇구나. 하긴 나도 어려운 수학 문제 풀어내면 사람들이 괴물이라고 하는데, 그런 거에 신경 쓰지 않기는 해."

세인이는 여전히 물가에 쪼그리고 앉아 손으로 물을 떠서 바지를 닦아 내고 있었다.

"야! 빨리 올라와!"

정식이도 계곡이 울리도록 쩌렁쩌렁 외쳤다.

"이제 그만 가자고!"

갑자기 세인이가 벌떡 일어나 물을 가리켰다.

"얘들아, 이리 와 봐."

"왜? 뭔데?"

세인이는 답답하다는 듯 폴짝폴짝 뛰기까지 하며 다급하게 외쳤다.

"빨리 와서 이것 좀 보라고!"

개구리나 두꺼비 같은 게 나온 것이 분명했다.

두 아이는 귀찮다는 듯 비탈을 내려갔다.

"왜?"

"뭔데?"

세인이가 주차장 쪽으로 가는 등산객들을 흘낏거리며 손가락을 세워 입술에 댔다.

"잔말 말고, 이리 와 봐."

준표와 정식이는 갑자기 온몸에 소름이 돋았다. 남들이 볼세라 조심조심 세인이에게 다가갔다. 세인이가 가리키는 것은 녹산천 샛강 모래 틈에 비스듬히 꽂혀 있는 부처님 얼굴이었다.

"어, 저건!"

모래를 살살 걷자 온몸을 드러낸 것은 바로 사진으로 수도 없이 보았던 금동 불상이었다.

"이, 이게 왜 여기!"

세 아이는 모두 얼어붙었다. 불상이 거기에 있는 이유는 알 수 없었지만, 분명한 건 불상이 거기 있다는 사실이었다. 지류까지 밀려오리라곤 상상도 못 했는데……

"와! 대박!"

"대애박!"

아이들은 어깨동무를 하고 펄쩍펄쩍 뛰었다. 수석 채취하는 아저씨는 저만치에서 무슨 일인가 하고 쳐다볼 뿐이었다.

정식이가 뿌듯한 얼굴로 말했다.

"최종 계산이 맞았어."

준표도 고개를 끄덕였다.

"그래, 대충 맞은 것 같아."

정식이 눈이 반짝였다.

"그런데 이렇게 지류에 숨어 있을 줄은 꿈에도 몰랐지."

어느새 계곡의 해는 꼴깍 넘어가고, 하늘에서 별이 세 아이를 축하하듯 내려다보고 있었다.

어쩌다 만난 수학

초판 1쇄 펴낸날 2022년 12월 20일
초판 5쇄 펴낸날 2023년 7월 21일

지은이   고정욱
편집장   한해숙
편집   신경아, 이경희
디자인   최성수, 이이환
마케팅   박영준, 한지훈
홍보   정보영, 박소현
영업관리   김효순

펴낸이   조은희
펴낸곳   주식회사 한솔수북
출판등록   제2013-000276호
주소   03996 서울시 마포구 월드컵로 96 영훈빌딩 5층
전화   편집 02-2001-5822 영업 02-2001-5828
팩스   02-2060-0108
전자우편   isoobook@eduhansol.co.kr
블로그   blog.naver.com/hsoobook
페이스북   chaekdam
인스타그램   chaekdam

ISBN 979-11-92686-14-1

큐알 코드를 찍어서
독자 참여 신청을 하시면
선물을 보내 드립니다.

 책담 다른 내일을 만드는 상상